COLLECTION FOLIO

Patrick Rambaud

Comment se tuer sans en avoir l'air

Manuel d'élégance à l'usage des mal partis
avec des ruses, des méthodes
et des principes expliqués par l'exemple

La Table Ronde

Patrick Rambaud est né à Paris en 1946. Pendant quatorze ans, il a travaillé au journal *Actuel*, dont il est l'un des fondateurs. Il a publié avec Michel-Antoine Burnier des fresques historiques et des volumes de parodies, dont leur fameux *Le Roland Barthes sans peine*. En 1997, il a obtenu le prix Goncourt et le Grand Prix du roman de l'Académie française pour *La bataille*. Il est l'auteur de nombreux romans, pastiches et parodies, parmi lesquels figurent les volumes de *Chronique du règne de Nicolas Ier*.

À Tieu Hong,
À Evelyn Waugh et aux patrons d'Alla Frasca,
la dernière table d'hôte de Venise,
j'offre ce petit livre odieux et désinvolte

POUR COMMENCER

1

« Lorsque les cadavres sont carbonisés
le rôle des sauveteurs est terminé. »

(*Aviation-Maroc* n° 1)

Le dindon, la panthère, le moustique ou la chèvre ne se suicident pas. On n'a jamais vu un chimpanzé s'ouvrir les veines, ni un ours polaire neurasthénique se noyer exprès dans la fosse du zoo. Jamais une chauve-souris ne s'est crucifiée elle-même sur le bois d'une porte, comme Mathieu Lovat, cordonnier vénitien, en 1811. Jamais un lévrier déprimé par ses maîtres ne s'est lancé du haut de la Tour de Londres ou du pont de San Francisco. Certains poissons rouges, bien sûr, accablés par un bocal trop petit, ont sauté dans le vide, et on les a retrouvés le lendemain matin, raides, sur le parquet. Des rats blancs de laboratoire, que l'on torturait aux électrodes, se sont fracassé la tête contre les parois transparentes de leur cage. Récemment, quelques milliers de souris se sont jetées du haut des collines du Golan : mais deux cent cinquante millions de ces pauvres bestioles végètent sur une portion de terre désertique. Quant aux pingouins, le goudron et les déchets qu'on verse dans la mer, parfois, leur font perdre la boule et ils vont s'échouer en groupe sur une plage australienne.

Le suicide individuel reste une démarche diablement humaine. Pour engourdir l'instinct de survie, il faut un cerveau tarabiscoté, abstrait, qui vibre aux grandes questions baroques et superflues de la philosophie — au regret de leur entourage, les crétins authentiques ne se suppriment pas : ce ne sont pourtant pas les motifs qui leur manquent.

Toutes les quatre minutes, en France, des gens *a priori* sains de corps essaient de disparaître après avoir rêvassé sur l'eau d'un fleuve, leur armoire à pharmacie, une corde à linge ou les rails luisants du métro. Une vétille suffit à déclencher cet acte voulu sans retour : un jeune Allemand va se pendre dans la salle de bains parce que son poste de télévision tombe en panne avant l'issue du match Angleterre-Uruguay, ou bien, le 13 mai 1958, le *Journal du Dimanche* l'atteste, un homme se donne la mort parce que le petit déjeuner n'est pas prêt quand il se lève, ou encore ce boucher de la rue Vavin, à Paris, qui se plante un couteau à découper dans le ventre sous prétexte que sa clientèle de béotiens confond le rumsteck et la queue de filet.

Ce qui me frappe, ce qui m'estourbit, en épluchant plusieurs mois de faits divers, ce n'est pas le nombre régulier des suicides mais l'indigence de leurs moyens. Toujours les rengaines : *Un chômeur lillois s'immole par le feu « pour être tranquille »* ; *Agressé par des voyous, il se pend* ; *L'homme paisible tire, tue cinq fois puis se suicide au gaz* ; *Le charmant vieux monsieur étrangle sa jeune voisine et se jette par la fenêtre* ; *Le drogué en manque poignarde son amie et se rate…*

Comme ils sont maladroits, les désespérés. Bien peu d'entre eux nous éblouissent par leur imagination. D'accord, il y a ce chômeur de l'Oklahoma qui abrège sa pauvre vie en se frappant trente-deux fois sur le crâne avec un marteau, il y a cet espion chinois, dans sa cellule de Virginie, qui s'asphyxie en plongeant la tête dans un sac en plastique. Et ce célèbre architecte des Champs-Élysées qui croque des plantes vénéneuses. Et miss Chubbuk, la speakerine de télé, qui se tire une balle dans la tempe en direct. Ou ce commerçant de Passy qui meurt d'avoir avalé un chapeau. Dans son numéro 388 bis, la revue *Historia* mentionne également le suicide ingénieux de ce bricoleur :

« Un retraité de Sochaux, le 28 février 1974, se suicida en se perforant la boîte crânienne avec une perceuse électrique.

Il fixa la perceuse à l'évier avant de s'étendre sur une table. Le foret arrivait exactement à la hauteur de sa tête. Il mit alors la perceuse en marche. »

Et le cas de cette Polonaise chagrinée par ses amours, qui mourut l'estomac chargé, en avalant :

« … quatre petites cuillères, trois couteaux, quatorze pièces de monnaie, quatre-vingts clous, sept boutons de fenêtre, une croix de bronze, cent une épingles, trois morceaux de verre et une partie de son chapelet. »

À l'occasion, un simple coup de vent entre deux buildings ajoute une touche très artiste à une fin banale. Écoutez l'histoire exemplaire que j'ai découpée dans le *France-Soir* du 7 août 1985. Le titre annonce le poème : *Elle saute du 17e étage et meurt de peur.*

« Une vieille dame de quatre-vingt-sept ans voulait se suicider, lundi, à Bruxelles. Miraculeusement indemne après s'être précipitée du haut d'une tour de 17 étages, elle est morte de peur.

Un violent coup de vent l'avait rabattue dans un appartement du seizième étage. À leur arrivée, les pompiers ont constaté qu'elle ne portait même pas la trace d'une ecchymose. C'est le cœur qui avait lâché. »

On connaît maintenant ces effets de tourbillon, quand le vent s'engouffre à une allure folle entre des immeubles d'une hauteur exagérée. Plusieurs cinglés, qui ont enjambé leur fenêtre, portés par la bourrasque artificielle, ont commencé par monter avant de descendre s'écraser sur les dalles d'une allée piétonne. Je préfère, que dis-je : *j'admire* la farce posthume de Mrs. Clarke, cette Anglaise qui a laissé à sa famille un souvenir impérissable en forme de traumatisme. C'était à Bristol il y a quelques mois.

— Où est mémé ? demande Richard Clarke à sa petite fille de neuf ans, le nez dans son porridge.

— Sais pas.

Personne ne sait, dans la maison. La mémé a disparu. Mais où ? Il fait froid : si elle était sortie elle aurait pris son manteau, mais non, ses affaires sont accrochées dans le placard. On ne l'a pas entendue se lever. Elle n'a pas bu son thé. On fouille partout et on ne trouve rien, on s'affole un peu, on finit par prévenir la police, qui patrouille sans résultat. La matinée passe. À la fin du déjeuner, la fillette dit à sa mère :

— M'man, je veux un esquimau.

— Eh bien vas-y, Dorothy, il y en a dans le congélateur.

Les Clarke n'osent plus se regarder, ni même inventer de nouvelles hypothèses à propos de cette fugue bizarre. Soudain, un hurlement. Ils se lèvent en catastrophe. La mère reçoit aussitôt dans ses bras la petite fille qui sanglote entre deux cris de peur. Le père file à l'office et demeure stupéfait devant le congélateur. La mémé est dedans. Gelée comme un sorbet.

Dans le comique morbide, nos cousins anglais nous écrabouillent. La différence est maigre, entre ce chenapan de Lord Byron, à l'abbaye de Newstead, qui passait une robe de bure pour offrir le punch dans un crâne, et cet article tout frais du *Daily Mirror* : à Noël dernier, près de Westminster, on a trouvé quatorze dindes dans les tiroirs de la morgue, à côté des noyés de la Tamise. Le pub voisin a été soupçonné aussitôt. Mais ne soupirons pas de honte, chez nous aussi il y a des morts abracadabrantes et des gags de qualité. À Saint-Denis, en voulant se suicider au gaz, un homme tue sa voisine : il est indemne. Cet autre rate l'assassinat de sa fiancée, essaie de s'enfuir, essaie de se tuer. Pas de chance. Tout est manqué. La police le trouve endormi. Je pense surtout à la fin très très humoristique de Désiré Clermont, relatée dans *Sud-Ouest* en 1952. « Au secours ! Au secours ! » criait Désiré, tout nu au fond d'un puits. Comment était-il arrivé là ? Les sauveteurs l'entendent, viennent en courant, considèrent l'étrange situation et envoient à Désiré une corde terminée en nœud coulant. « Passe-la sous les bras, Désiré, on va te hisser ! » Était-il idiot ? Était-il sourd ? Était-il vicieux ? Désiré Clermont se passe la corde autour du cou. Vous devinez la suite. Les sauveteurs tirent sur la corde de toutes leurs forces et remontent un cadavre.

2

> « — Je venais vous prier humblement, je serai très sensible à cette condescendance de vouloir bien me faire l'honneur et l'amitié de me guillotiner.
> — Qu'est cela ?
> — Je désirerais ardemment que vous me guillotinassiez ! »
>
> (XAVIER FORNERET, *Champavert*)

On peut avoir des raisons d'en finir, si on se sent nul, si on est vilain, con, brutal, et qu'on s'en aperçoit par mégarde : les éclairs de lucidité sont parfois mortels. Ou si l'on doit lutter contre un escadron de fonctionnaires obtus et solidaires. Si on n'aime plus le coq aux morilles, l'odeur du foin coupé ou la musique incantatoire des pèlerins de Compostelle. Mais comment disparaître à coup sûr, comment s'échapper de ce monde épais sans laisser après soi une image minable ? Vous vous tuez. Soit. Nous n'en discuterons pas. Le gardien de votre immeuble retrouve votre corps disloqué sur le macadam en sortant ses poubelles. Police-secours débarque en klaxonnant. Et les parents, et les amis. Plus rien ne les empêche de farfouiller dans vos tiroirs, d'y trouver vos relevés bancaires ou la photo de votre cousine les fesses à l'air — photo qu'ils empochent. Ils épluchent vos lettres et les commentent, rarement à votre avantage. Jusque dans vos objets familiers ils cherchent des traces de dérèglement. Ils vous inventent une existence accablante, se partagent vos livres et vos vêtements. Au cimetière, un prêtre de la famille vante vos mérites sans vous avoir connu, et regardez, dans l'assistance, certains haussent les épaules ou sourient avec pitié. L'oncle avocat intente un procès aux auteurs pourchassés de *Suicide mode d'emploi*, qu'on a retrouvé près de votre fenêtre, avec un signet au chapitre : « Comment enjamber la balustrade ». Une fois encore les ligues de décence interviennent. Leur appel à la morale, là aussi, n'a rien d'original : les arrière-grand-mères de ces dames revêches et de ces messieurs secs poursuivaient déjà Goethe de leurs glapissements, dès qu'on saisissait un exemplaire écorné de son larmoyant *Werther* au chevet d'un jeune désespéré, stylet dans le cœur.

Du cran !

Notre méthode, pratique et inventive, va vous épargner ces mesquineries *post mortem*.

Il y a un principe à suivre.

Je l'énonce ainsi : sachez maquiller votre suicide en accident, ou mieux encore : en meurtre. Donnez prise à la louange et au regret, devenez une star de l'outre-tombe. Que votre fin devienne une signature. Si on vous a fourré en prison, par exemple, n'essayez pas de vous éventrer avec les couteaux de la cantine : ils ont des bouts ronds. Arrangez-vous pour qu'on accuse un gardien de vous avoir poussé dans l'escalier dangereux qui descend aux ateliers de rempaillage.

Le second principe découle du premier.

Cet art difficile s'apprend. Pour réussir une belle mort maquillée, il faut acquérir un certain nombre de vertus spéciales — patience, ruse, goût prononcé de la farce, volonté. D'abord, l'apprenti suicidé doit savoir partager les espèces de suicides connus en deux groupes distincts, les francs et les détournables.

I — LES SUICIDES FRANCS, ainsi nommés car leurs motifs et le moment choisi ont un caractère d'évidence. Vous le constaterez bien vite, ils ne sont pas détournables et ne ternissent pas la réputation. Ils se subdivisent eux-mêmes en plusieurs genres. Pour réflexion, je vais en énumérer sept.

a) *L'exemplaire.* Il y a de la pédagogie dans celui-ci. Autant dire qu'il n'est pas à la portée de n'importe qui. Illustrons-le. Quarante siècles avant nous, en Chine, à l'époque du légendaire empereur Yao, des partisans réussissent à dénicher le sage Wou-tchai dans sa cachette paysanne :

— Maître, nous t'offrons le pouvoir, viens !

— Vous êtes fous ?

— Viens ! Gouverne le pays, gouverne le monde ! Seule ta sagesse infinie peut nous sauver des périls qui s'accumulent ! Viens !

— Pas question, petits niais !

— Apprends-nous ta sagesse !

— Vraiment ?

Wou-tchai se lève, part à toutes jambes et va se précipiter *illico* dans le gouffre de Ts'ing-leng, au sud du Fleuve Bleu.

b) *Le stoïque* est la forme la plus accomplie du suicide de raison. Le genre est donc en voie de disparition, et quand bien même vous voudriez vous en inspirer, les normaux du XXe siècle ne comprendraient pas. Nos maîtres stoïciens, au temps de Rome, s'ouvraient volontiers les veines pour ne pas voir des barbares vêtus de loup casser la potiche étrusque à laquelle ils tenaient. La peur ne dictait pas leur geste ultime. La fatigue ? Si peu. Ils s'effaçaient par excès de philosophie.

c) *L'historique* cultive la posture. Les suicidés pour l'Histoire, au dernier instant, songent à la gravure qui illustrera plus tard leur dévouement à une cause, ou plus simplement à leur patrie. Ayons une pensée pour ces Girondins traqués par les malfrats de Robespierre, pour Bosc et Laréveillère qui se cachaient sous les feuilles sèches de la forêt de Montmorency, et mangeaient des colimaçons crus. Pour Condorcet, attrapé dans un cabaret de Clamart, malgré son bonnet de laine et ses gros souliers : il s'empoisonna dans sa cellule. Pour Roland, qui se transperça le cœur avec sa canne-épée. Pour Valazé, qui s'enfonça un canif dans le cœur en plein tribunal. Pour Buzot et Pétion, retrouvés dans un champ près de Bergerac, à moitié dévorés par des chiens, et qui s'étaient sans doute fait sauter la cervelle. Lamartine devait penser aux Girondins, en 1848, quand il affronta la foule agressive et innombrable, deux pistolets à la ceinture, et le général de Gaulle devant Notre-Dame, en 1944, quand il resta debout malgré les coups de feu des miliciens isolés : c'était au fond une manière de suicide, face aux livres d'Histoire.

d) *Le protestataire*. Pas question là non plus de maquiller sa fin, bien au contraire. Évoquons en passant les bonzes de Saigon qui se grillent dans la rue pour combattre la dictature de Diem, ou Jan Palach qui les imite, à Prague, quand les chars soviétiques envahissent son pays, ou cet étudiant de Séoul, récemment, qui se jette comme une torche par une fenêtre de l'université.

e) *Le traditionnel.* Les premiers Scandinaves pensaient que la maladie ne frappait que les lâches, aussi, à la première grippe, pour suivre l'exemple du grand Odin, adoraient-ils se poignarder, tomber sur leur épée ou s'étrangler en public. En Gaule, comme chez les Vénètes, les Wisigoths mangeurs d'ail ou les Huns, les vieillards se jetaient du haut d'un rocher réservé à cet usage, après une dernière et solide ripaille. Nos ancêtres chantaient et dansaient aux enterrements, comme ils fondaient en larmes à chaque naissance. Pauvre marmot, pensaient-ils, dans quel monde il va se jeter ! À quoi bon ? On naît comme on meurt, sans dents et sans cheveux, ridé, la peau comme une pomme cuite. Tous les nouveau-nés ont en effet une forte tendance à ressembler au président Edgar Faure.

Plus près de nous, il faut être japonais pour sacrifier à de semblables traditions. Dans *Bushido, l'âme du Japon*, Inago Nitobé donne une anecdote pour expliquer le seppuku, ce nom noble du harakiri. Nous sommes au début du XVIIe siècle. Trois frères, qui croyaient avoir fait du tort à leur père — notez la nuance —, sont autorisés à s'éventrer. L'aîné dit au plus jeune, huit ans :

— Commence, toi, je veux être sûr que tu sais comment t'y prendre.

— Justement, répond le petit, je n'ai jamais vu faire seppuku. Commencez, vous deux, et je vous imiterai.

— Bien répondu ! dit l'aîné, vingt-quatre ans.

Il commence à enfoncer la lame dans son abdomen, du côté droit, en donnant sa leçon au plus jeune :

— Voilà, n'enfonce pas le poignard trop loin, sinon tu bascules en arrière, mais tu te penches un peu en avant, les genoux serrés…

Vous ou moi, nous aurions dit : « Ouille ! » Mais non, le cours se poursuit et le sang gicle.

— Après… Tu coupes le ventre de droite à gauche… et… pfff… Tu remontes…

Arrivé à ce point de la charcuterie, un ami sûr prend son sabre affûté et coupe la tête du suicidaire dès que les tripes dégringolent sur le tapis. Je ne sais pas ce que vous en pensez, mais je ne trouve pas cela vraiment chic.

Avouons que chez les Japonais le suicide relève de l'épidémie. Dans les années trente, sur l'île d'Oshima, une étudiante se jeta dans un volcan. Plus de quinze personnes voulurent l'imiter, on mit des palissades autour du cratère. Et le 8 avril 1986, quand la chanteuse Yukiko Okada se lança du haut d'un immeuble, cinq adolescentes, dès le lendemain, sautèrent dans le vide.

f) *À la hussarde*. C'est le cas très classique et pour nous peu intéressant de l'espion qui avale une capsule de cyanure.

g) *Le désinvolte* appartient à un autre âge, et on peut le regretter. Il s'agit du duel. Quel moyen merveilleux d'en finir avec panache. Il suffisait de gifler en public un bretteur invincible : le lendemain, au petit jour, vous étiez certain d'agoniser sur l'herbe encore humide du Pré aux Clercs ou du Bois de Boulogne. Ah oui, le duel, bien sûr, n'était qu'une version trop chrétienne de l'honneur. Les héros de l'Antiquité n'auraient jamais eu l'idée saugrenue de se provoquer en duel. On enlève Briséis la belle captive, que fait Achille ? Il part bouder sous sa tente. Lorsqu'il y avait combat singulier, ce n'était que pour éviter un millier de morts inutiles. Les Romains faisaient assassiner leurs ennemis, comme aujourd'hui où, à Pigalle, pour quelques billets, on déniche facilement un tueur professionnel.

II — LES SUICIDES DÉTOURNABLES, par nature, prêtent aux doutes. On peut légitimement se demander si ce type de mort est volontaire, décidé, mûri, ou simplement recherché. Ce pendu, et si on lui avait passé la corde autour du cou ? Cet accidenté de la route, voulait-il s'offrir aussi franchement le parapet ? On prétend que cette jeune personne s'est empoisonnée : une main malfaisante n'a-t-elle pu verser de la strychnine dans sa tasse de café au lait, comme dans une vulgaire prison italienne ? Bref : profitons de cette charmante ambiguïté pour inverser le propos. Suicidons-nous, si tel est notre plaisir, mais en semant d'insondables questions vaches. Un suicide ou un crime ? Vous y gagnerez une auréole, mes pauvres.

Donnons quelques catégories, en vrac. Qu'elles vous inspirent de bien mauvais sentiments.

a) *L'intuitif* a recours aux expédients : la vitesse, l'alcool, la mer démontée. Procédés faciles. Sans que l'intention apparaisse avec netteté, le sujet réussit quand même à se supprimer. C'est le cas magnifique d'ironie de James Dean, la jeune vedette aux cheveux en brosse : il vient de tourner une publicité pour la sécurité routière quand il s'encadre dans un platane. On le sort en petits morceaux de sa carrosserie. Ou encore le cas d'Arthur Cravan, l'aventurier maladif, fièrement parti en barquette dans le golfe du Mexique, une nuit, et qu'on n'a jamais revu. Mille variations s'ouvrent sur ce thème qui exaltera les esprits les plus troubles, les incertains, les suicidés putatifs qui n'osent prendre la décision finale.

b) *Le bouillonnant* est dans l'ensemble plus littéraire. Cela débute chez lui par une attirance morbide assez ancienne, cela se transforme en envie, cela se résout en fatalité. Les corbeaux de la psychanalyse affectionnent ce genre qui leur permet de gloser à l'infini. Le bouillonnant, en effet, a tout intérêt à s'appuyer sur une œuvre, même médiocre, qui se chargera de commenter *a posteriori* son dernier geste. Hélas, les moyens employés, une fois de plus, ne se signalent aucunement par leur invention. Toujours, on attendait mieux. Voyez ce pauvre Drieu et sa cuisinière à gaz, après moult tentatives avortées, Rigaut et son petit flingue, assis sur une toile cirée pour ne pas tacher le drap. L'excellent Stig Dagerman ou le poète Jean-Pierre Duprey au bout d'une corde achetée chez le quincaillier. Pavese ou Raymond Roussel avalant des comprimés toxiques dans une chambre d'hôtel.

Simplement, on dit d'eux : ils ont été conséquents. Quelquefois, les bouillonnants se tuent en espérant se rater. Ce serait, au dire de mauvaises langues, le cas de René Crevel, sur la civière qui l'emmenait : il n'était plus d'accord.

c) *L'incompris*. Voici le suicide favori de notre jeunesse, fort teinté de romantisme. Au lieu de vouloir se faire comprendre, au lieu de brailler, on dramatise, on se rétrécit, on exagère, on réclame une porte de sortie rapide. Un jeune homme de vingt et un ans se tire une balle dans la tête, à l'intérieur de sa voiture garée sur le parking d'un hypermarché de Provence. Motif : Frank s'était disputé avec sa fiancée. Et s'il avait couru la garrigue et respiré le romarin, s'il avait raconté ses malheurs à l'un de ces moutons dont M. Daudet nous assurait qu'ils gardent dans leur laine « un parfum d'Alpe sauvage, un peu de cet air vif des montagnes qui grise et fait danser » ?

d) *Le déréglé* est un modèle assez courant dans nos sociétés actuelles. Cela peut débuter par un banal trait de folie furieuse. Un Américain de Santa Barbara, en Californie, se prétendait le fils illégitime de la reine d'Angleterre. Une voix, venue un soir de son poste de télévision, dont la marque n'est pas précisée, lui ordonna de massacrer sa famille. Ce qu'il fit. En principe, le forcené se tue en bout de course — mais pas toujours. Le sang des autres ne réclame pas infailliblement le sien. Quelques-uns préfèrent laisser à la Justice le soin de les achever.

Il y a un dosage savant, dans le dérèglement. Trop, et on assiste à un massacre ordinaire. Pas assez de folie et le déréglé se tue *aussi*, quand il n'a plus personne à tronçonner avec l'outil récemment acheté chez Black et Decker pour débiter du petit bois.

e) *Le fatigué*. Dette, ruine imprévue, coup du sort, amours contrariées, l'homme ne résiste plus. Gaston T. se tire une balle dans le cœur. Parce qu'il a quatre-vingt-trois ans et se sent usé ? Non non, mes bons amis. Parce que le magasin de son fils a été saccagé une nouvelle fois par des vauriens, et qu'il habitait au-dessus.

Au manuel classique, avec ses résumés et ses exercices, j'ai préféré l'anecdote : chacune des méthodes suivantes sera donc illustrée par une histoire exemplaire. Au lecteur de méditer, en fonction de ses propres et sinistres envies.

PREMIÈRE MÉTHODE

La pratique raisonnée de l'asticotage

COMMENT FAIRE CHAUFFER LA VENGEANCE — L'ART DE RÉVEILLER LA BRUTE QUI SOMMEILLE — SACHEZ EXASPÉRER LES MAUVAIS INSTINCTS — JOUEZ AVEC LE MAL — HISTOIRE DE LA DIABOLIQUE MRS. PEEBLES

Se faire trucider sans raison apparente, cela exige un minimum de psychologie. Et la psychologie, Mrs. Peebles n'en manquait pas. Longtemps professeur dans un collège sévère, elle avait pu observer chez ses jeunes élèves la naissance et le développement des sales penchants de la nature. Comme l'expliquait le philosophe, il ne sert à rien de s'extasier devant les ravissants poissons mordorés qui se coursent dans la rivière : le plus gros va croquer le plus petit. La discipline rude qu'elle aimait exercer, au lieu d'éveiller les marmots à une sagesse, les incitait à la ruse, à la dissimulation et à une méchanceté sournoise. Ainsi, pensait Mrs. Peebles, ils seraient armés dans la vie où leurs jeunes défauts deviendraient vite des qualités. Lorsqu'elle frappait de sa règle en fer les ongles réunis d'un turbulent, elle se plaisait à déceler dans son regard fuyant une lueur de vengeance. Elle lisait dans ces yeux mieux que de l'insolence : l'enfant puni rêve toujours d'inverser les rôles, comme le bidasse en caserne souhaite frapper l'officier — quelques-uns pressés par les événements, par exemple en cas de guerre, peuvent devenir d'honnêtes bourreaux. Sans la trace d'une honte, ni plus tard d'un remords, ils sauraient couper les mains d'un guitariste de l'autre camp ou lapider la femme adultère…

Des générations étaient ainsi passées sous la férule de Mrs. Peebles. Parfois, elle avait des nouvelles de ses anciens potaches en lisant la presse. Quel ravissement, en découvrant que le petit Jimmy Folkestone, plus connu sour le nom de Jim le Surineur, termina sa carrière criminelle fort légalement pendu. Ou qu'Harvey Littlefoot, charmant et pervers blondinet qu'elle revoyait en culottes courtes, avait donné à l'Est les plans d'un radar. Lilian Garrish, qui avait toujours zéro en mathématiques, dirigea un réseau de call-girls huppées et réussit à compromettre des membres éminents de la Chambre des Lords. Quant à Marty Rogers, le bon p'tit gars, il finira sûrement en cire dans le Cabinet des Horreurs de Mme Tussaud : sa manie d'écraser la tête de ses compagnes contre les radiateurs brûlants lui valut néanmoins une cellule capitonnée dans un asile près de Dartmoor.

Mrs. Peebles évoquait ces brillants destins avec une sorte de tendresse. Sans doute, ses principes d'éducation avaient-ils poussé nombre de salopiots à la délinquance, et elle s'en félicitait. Et elle continuait son œuvre de fessées et de punitions injustes.

Jusqu'au jour de la retraite.

Il y eut une triste fête, au collège, pour son départ. Dans les discours, on la chantait sur tous les tons. Dévouement, savoir-faire, rien ne lui fut épargné, ce jour-là. Elle se retrouva seule et rageuse dans sa maison de Grosvenor Square. Désœuvrée, sans même un animal à provoquer, sur qui allait-elle désormais pouvoir agir ? Quelle jeune cervelle déformer ? C'était une femme d'action. Elle n'allait pas se contenter de prendre le thé à heures fixes avec cette raseuse patentée de Mrs. Foster. Celle-ci, vouée aux œuvres charitables, que pouvait-on en tirer ? Malgré ses hypocrisies et sa raideur, son intolérance, son racisme étendu à quiconque vivait en dehors du quartier, elle semblait trop normale, perdue pour l'enfer. Mrs. Peebles réfléchit longuement pour savoir comment acculer Mrs. Foster à l'horrible, sans doute en lui proposant de vilaines causes à défendre (elle songea à l'Afrique du Sud), mais la tâche était ardue, les résultats incertains.

Mrs. Peebles perdit le goût de vivre.

Le sort vint à son secours.

Un coup de téléphone la rendit guillerette. C'était ce chenapan de Ronald. À vingt-deux ans, le petit-fils de Mrs. Peebles s'embourbait dans l'existence. Ses parents étaient séparés depuis belle lurette. Le père, à Bombay, exerçait un commerce archidouteux de squelettes humains pour les universités, et la mère, la propre fille de Mrs. Peebles, vivait à Sidney avec un marchand de bière. Ni l'un ni l'autre ne s'étaient jamais souciés des aventures de leur fils, qui végétait, trop petit de cinq centimètres pour s'engager dans les Horse Guards, trop maladroit pour devenir plombier, trop peureux, trop fainéant. Il venait d'épouser Samantha Fish, mais les beaux-parents avaient tout essayé pour empêcher le mariage, et le jeune couple ne les voyait plus. Ronald et Samantha, isolés, sans travail, à deux dans une piaule minuscule de l'East End : la proie était facile.

— Mammy…

La voix de Ronald était un souffle et Mrs. Peebles songea à un accident. Elle demanda :

— Tu as un ennui ?

— Des ennuis.

— L'argent ?

— Hé !

— Tu crois peut-être que je suis riche ?

— Non, c'est pas ça, mais tu vois, nous, on est à bout.

Il indiqua une somme. Mrs. Peebles siffla entre

ses dents. Ronald détailla le problème : ils allaient se retrouver à la rue, Samantha et lui.

— L'argent, dit Mrs. Peebles, je n'en ai pas, mais j'ai de la place, à Grosvenor Square. Pourquoi ne viendriez-vous pas vous y installer, *en attendant* ?

Ah ! La perfidie de cet *en attendant* ! Il y avait toute la malice du monde dans cette réplique. En attendant quoi ? Ronald ne pouvait pas refuser. Le vendredi suivant, Samantha et lui s'installèrent chez Mrs. Peebles.

Elle ne l'avait pas revu depuis trois ans et il avait changé. Ses cheveux roux lui battaient les épaules. Il avait des trous à ses bottes mexicaines et aux genoux de son jeans raide de crasse. Quant à Samantha, rien de très brillant non plus, même coiffure en filasse, robe indienne décolorée, vieilles sandales. Leurs bagages se résumaient à un sac.

Des clochards.

Ils détonnaient, à Grosvenor Square, dans cette maison sombre et trop rangée, au milieu des guéridons et des housses. Qu'allait dire Mrs. Foster, si elle les avait aperçus ? Peut-être préviendrait-elle la police, craignant une agression chez sa voisine ? Ce serait cocasse.

— Ça vous plaît ? dit Mrs. Peebles en poussant la porte de la chambre bleue, une pièce qui sentait un brin le moisi.

— Oui madame, dit Samantha.

— Appelez-moi mammy, comme Ronald.

— Bien madame.

— Qu'elle est sotte ! dit Mrs. Peebles en riant.

Pendant deux jours, elle les laissa tranquilles. Qu'ils prennent leurs aises, pensait-elle, qu'ils s'habituent à l'endroit, qu'il commencent à se sentir chez eux. Elle entreprit de les asticoter le troisième jour.

Il était dix heures du matin.

Samantha entra au salon, roulée dans un couvre-lit à fleurs. Mrs. Peebles lisait pour s'inspirer un ouvrage méconnu de Jonathan Swift, les *Mémoires de Martin Scriblerus*, quand elle entendit la jeune fille tousser.

— Eh bien, Samantha ? Quelle tenue !

— Justement, mammy… Où sont nos vêtements ?

— Je les ai jetés. Ils puaient.

— Mais nous n'en avons pas d'autres…

— Dans l'armoire de votre chambre, vous en trouverez.

C'étaient de vieilles nippes démodées.

Ronald et Samantha, en costume gris souris pour l'un, en robe noire pour l'autre, avaient l'air déguisés. Mais, contrairement à ce qu'avait imaginé Mrs. Peebles, ils remercièrent et ne se plaignirent de rien. Elle en fut secrètement outrée. Car son plan était désormais d'une intense clarté : ces deux-là, elle allait s'en faire détester. Elle les tenait. Ils n'avaient pas un sou. Ils dépendaient complètement d'elle. La seule solution, croyait Mrs. Peebles, ce serait le mauvais coup, pour sortir de cette atmosphère qu'elle s'ingéniait à rendre peu respirable : ils iraient voler, ils se retrouveraient en prison. Elle s'amusait à cette idée.

Mais au fil des jours, l'idée ne semblait pas devoir prendre corps. À peu près muets, dociles, Ronald et Samantha s'occupaient du ménage, réparaient un vase cassé, sortaient rarement, sinon pour aller chercher des légumes et du pain brioché. Ils étaient végétariens et ne buvaient que de l'eau du robinet, par mesure d'économie. Bref, ils étaient foncièrement bons. Pas très vifs, certes, mais pas méchants pour un sou.

Mrs. Peebles en devint amère.

Au bout d'un mois, elle songea : « Comment supporter un tel échec ? En quoi sont-ils faits, ces deux petits imbéciles ? Il ne me reste qu'à disparaître… »

Elle avait acheté de la mort-aux-rats, l'année d'avant, et médita sur le flacon. C'est alors qu'un sursaut de vigueur… « Ce serait trop bête ! Je meurs, ils héritent de la maison. Je resterai pour eux la merveilleuse Mrs. Peebles ! Sottises ! Mourir, soit, mais que ce soit à cause d'eux ! Il doit y avoir un moyen pour les forcer à me tuer. »

Après les tracasseries, qui n'avaient rien donné, Mrs. Peebles inventa alors une méthode bien à elle, que l'on nomme depuis « la pratique raisonnée de l'asticotage ». Il s'agit de pousser autrui à bout, afin de créer un instant de folie meurtrière. Cette gentillesse de Ronald et de Samantha ne pouvait être qu'une façade. Les hommes étant par définition une espèce malfaisante, il est aisé de les pousser à tuer qui les exaspère. Leur servir des haricots parce qu'ils les détestaient, cela restait insuffisant, et il fallait plus de subtilité.

D'abord, leur user les nerfs.

Mrs. Peebles apprit à parler pour ne rien dire. Ce retour à l'enfance apparaît clairement lorsqu'il n'y a plus matière à la moindre discussion. Ainsi, le sujet en voie de sénilité se contente de nommer les choses — ce qui n'appelle plus la moindre réponse. L'échange est coupé. Le bébé dit : bobo ! Le vieillard sur la pente dit : il pleut, en regardant la pluie. Mrs. Peebles s'employa donc à isoler intellectuellement Ronald et Samantha.

Jusqu'à présent, elle les avait interrogés, pour les sonder. À partir de cette date fatale, déjeuners et dîners devinrent des supplices.

— La soupe est chaude, disait-elle.

— Oui, oui, répondaient les deux autres.

Pour parfaire ce travail de sape, elle s'habitua à répéter chaque jour aux mêmes heures les mêmes choses. « Il est huit heures », disait-elle à huit heures. « Je vais sortir », disait-elle avant sa promenade du matin. Et ainsi de suite.

Lorsque nos deux lascars, qui commençaient à souffrir du vide qu'instaurait Mrs. Peebles, risquaient une conversation, celle-ci avait recours à la technique usante du mot répété. En voici un exemple.

— Mammy, disait Ronald, je crois que je vais chercher du travail…

— Du travail, disait-elle.

— C'est vrai, nous avons l'impression d'abuser, reprenait Samantha.

— Abuser ?

— Oui, mammy, ce n'est pas normal…

— Pas normal.

— Vous êtes bien d'accord ?

— D'accord ?

— Oui, pour que Ronnie gagne des sous.

— Des sous, ah oui, des sous.

Pas moyen d'en tirer autre chose.

Une nouvelle semaine passa. Mrs. Peebles se mit à gémir à propos de tout, en ayant une prédilection pour les choses irrémédiables, comme son rhumatisme, le temps qui passe et celui qu'il fait, toujours *trop* chaud ou *trop* froid. Cet esprit négatif permanent dont elle faisait preuve contribua à miner le moral des habitants de Grosvenor Square. Elle choisissait le moment où Samantha et Ronald écoutaient de la musique pour venir les entretenir de son foie ou de sa constipation.

Elle réussit en trois mois.

Samantha avait déniché un intérim de dactylo, mais pendant une semaine, abandonnant Ronald à la diablesse.

— Tu lis encore les petites annonces ?

— Il faut bien, mammy…

— Il faut bien.

— Et je ne trouve rien.

— Rien.

— Ou trop tard…

— Trop tard, oui, c'est cela.

Ronald atteignait le comble de la nervosité.

Surtout lorsque Mrs. Peebles se balançait dans son fauteuil : le grincement était intolérable, régulier, quotidien, on l'entendait dans toute la maison, pas moyen d'y échapper. Et si Mrs. Peebles le regardait éplucher les petites annonces, il ne pensait qu'à fuir. Où ? Quand ? Comment ? S'il voulait des cigarettes il devait lui demander un billet d'une livre.

Il y eut un léger espoir le soir où Samantha regagna Grosvenor Square avec sa paie de dactylo. Cette courte parenthèse de semi-liberté accentua davantage, par la suite, la dépendance vis-à-vis de Mrs. Peebles.

Ronald et Samantha se réfugiaient de plus en plus dans leur chambre du premier, dont la porte fermait mal. Ils n'osaient parler qu'à voix très basse, depuis le jour où ils avaient surpris Mrs. Peebles qui venait, inutilement, leur apporter des serviettes-éponges. Parce qu'elle les espionnait : le seul moyen de mesurer ses réussites et leur dégradation lente. Ils avaient en effet, parfois, quand ils se sentaient seuls, des poussées de rage silencieuse. Ronald serrait les poings, Samantha imaginait de scier la rambarde d'une fenêtre, celle où, par habitude, Mrs. Peebles s'appuyait pour se lamenter tout haut de son âge et du temps. Le projet n'avait pas été retenu. Trop voyant.

Le 5 juin, Ronald et Samantha, qui préparaient le petit déjeuner, entendirent un grand cri. Cela venait de la salle de bains.

Ronald courut dans l'escalier, pénétra en trombe dans ladite salle de bains et resta interloqué. Samantha, derrière lui, eut un hoquet et le serra dans ses bras. L'applique, au-dessus de la baignoire, était tombée dans l'eau. Mrs. Peebles avait été électrocutée.

— C'est toi ? dit Samantha.

— Tu es folle !

— Tu n'as pas réparé cette applique, l'autre jour ?

— Mais non !

— Tu peux me le dire, tu sais…

— Et si c'était toi ?

— Tu es fou !

Ce n'était pas eux, mais Scotland Yard ne les crut pas. Mrs. Foster, la voisine, témoigna d'ailleurs contre eux : depuis qu'elle avait signé un testament en leur faveur, Mrs. Peebles, paraît-il, se méfiait de Ronald et de Samantha.

Cette histoire vous paraît peu vraisemblable, ô sceptiques qui me lisez ? À votre intention, j'ai réuni quelques faits divers qui, à leur manière, relèvent de cette pratique assidue de l'asticotage.

À force d'exaspérer autrui, on peut le transformer en assassin.

• Gilbert F., de Nantes, était magasinier dans un chantier. Et crac ! Son patron le licencie. Sans tarder, un ancien camarade d'atelier se moque de lui. Comment réagit Gilbert F. ? Il frappe ce camarade à coups de marteau avant de l'étrangler : « J'en avais marre qu'il se paie ma tête ! »

• Rue du Faubourg-Saint-Denis, à Paris, un électricien qui poirote dans un embouteillage va s'en prendre au fleuriste qui décharge son camion de narcisses et de roses. L'électricien s'énerve et provoque le fleuriste. Ce dernier, les nerfs en pelote, file dans sa boutique, revient avec un pistolet et tire quatre fois à bout portant sur l'agaçant électricien, qui s'écroule.

• Le fils adoptif du docteur André H., de Toulouse, refusait énergiquement d'être médecin. Le docteur décroche son fusil de chasse et le tue.

• Thomasina Bell, de New York, vivait avec un vieux monsieur. Elle lui reprochait sans cesse de trop manger. L'autre s'en fichait. Il mangeait encore plus. Le jour où Thomasina l'a jeté par la fenêtre, il avait englouti deux miches de pain, un sachet de viande et deux boîtes de lait condensé.

• Le 7 avril 1984, Robert W., boucher à Strasbourg, renverse exprès des nouilles sur la nappe : « Zut ! J'en ai marre de tes gratins ! » dit-il à sa femme. Celle-ci s'empare d'un vieux 7,65 et menace Robert W. « Vas-y, continue-t-il, tu n'oseras même pas tirer ! » Si. Elle ose et le tue net.

• Marcel L. frappait sa compagne avec une belle constance. Il la forçait même à manger du chien, du chat, des trucs glanés dans les poubelles. C'est en septembre 1985, près d'Épinal, qu'Irène G. défonça le monstre à coups de hache. Dans le même esprit, un couple se détériore. On se gifle à la volée. Excédée, la femme appelle ses parents à la rescousse, pour raisonner l'époux colérique. Que se passe-t-il ? L'époux prend une baïonnette et une dague pour poignarder ses beaux-parents.

• Le bruit est un puissant facteur d'asticotage. Cela parfois suffit à engendrer le meurtre. Les deux tiers de nos compatriotes souffrent du bruit. On a vu un père enfermer son bébé dans un tiroir pour ne plus l'entendre glapir. Un garçon de dix-neuf ans a été tué à la Winchester à cause de la sono de sa voiture. Et René V., de Nancy, éclate l'intestin de son fils âgé de seize mois en lui lançant un pied de chaise dans le ventre : il avait dérangé son père qui regardait la télé.

Daniel J., lui, était un psychologue qui soignait ses patients en les faisant hurler et frapper des matelas à coups de matraque. Un jour, à cause des cris venus du dehors, et qui l'empêchaient d'entendre crier ses patients, il devient hystérique et se défoule en tirant à la carabine sur les braillards.

DEUXIÈME MÉTHODE

Le sport qui tue

L'ART D'AFFRONTER LA NATURE
EN Y LAISSANT SA PEAU — COMMENT ÉVITER
LES PRÉCAUTIONS ÉLÉMENTAIRES — THÉORIE
DE L'INÉVITABLE ACCIDENT
— TRAVERSER LE PÔLE NORD EN SHORT OU :
LA QUÊTE D'UNE MORT BRILLANTE

Depuis que Martine l'avait quitté, Jean-Marie Poulard avait songé aux mille façons modernes (et exaltantes) de disparaître mine de rien. L'accident sportif, soit, voilà bien la méthode pour mourir admiré, tant il est vrai que le but ultime d'un casse-cou est de se casser le cou. Mais quoi ? Foncer à deux cents à l'heure, sans casque, sur une route en lacets ? La moto rapide a de fortes chances de percuter un trois-tonnes, un arbre, un enfant ou une murette en pierres dures. Mais en dehors de la compétition, sans être célèbre au préalable, on rejoint simplement la colonne des statistiques de la gendarmerie. L'ULM ? Préparer le fatal ennui mécanique ? S'écraser contre une paroi rocheuse à la faveur d'une météo détestable ? Le parachute qui oublie de s'ouvrir ? Le ski hors piste, lorsqu'on peut choisir le sapin dans lequel on va rentrer de plein fouet ? La formule 1 qui s'embrase ? Combien de pages faudrait-il pour répertorier ces formidables moyens de mort subite que nous offre le sport ?

Après avoir étudié les montagnes périlleuses, et un moment songé à descendre en rappel l'Aiguille du Pèlerin, dans les Alpes, Jean-Marie Poulard trouva enfin la plus jolie des solutions. Un mardi, il convoqua chez lui des amis aventuriers et leur exposa son plan, tout en leur cachant avec soin ses véritables mobiles.

— C'est là, dit-il en posant son doigt sur une mappemonde.

Les autres regardèrent cet endroit désolé où le fleuve Barango sort des Andes pour filer dans la jungle amazonienne.

— Le fleuve Barango n'a jamais été descendu en canot pneumatique. J'ai envie de tenter l'expédition. Êtes-vous prêts à me suivre ?

— Bonne idée !

— Certainement.

— As-tu songé au sponsor ?

L'affaire commençait bien.

Jean-Marie Poulard, concepteur dans la publicité, trouva rapidement des entreprises désireuses de financer l'expédition, en échange de slogans et de noms très visibles sur les maillots et sur le bateau. Les bières Banemberg, trois siècles de tradition, offrirent une partie du ravitaillement, avec les stylos « Plume d'Or ». Une chaîne de télévision acceptant ensuite de couvrir l'événement, la date du départ fut décidée, et au journal de treize heures, le présentateur l'annonça.

Un mois plus tard, l'expédition Poulard campait au pied des Andes. Jean-Marie avait tout prévu. Le matériel, il l'avait choisi lui-même. L'embarcation était inadaptée, trop longue, incapable de percer les vagues. Les baudriers pour se retenir ? Il n'y en avait pas. Ni de casques. Et puis le bateau avait une quille rigide qui lui interdirait de coller aux vagues, à la hauteur des rapides de Marambas, lorsque le fleuve se rétrécit soudain de deux kilomètres et tourbillonne follement.

De plus, l'une des régions traversées était celle des féroces Indiens Guayakis. Si les téméraires arrivaient à franchir les rapides, les flèches au curare ne les manqueraient pas. À l'aéroport, le jour du départ, Jean-Marie Poulard avait évoqué ces Indiens Guayakis : à l'exploit sportif, pour donner un sens médiatique plus fort à son expédition fluviale, il fallait ajouter un but humanitaire. Les laboratoires Bourssel avaient offert deux containers de médicaments et de sérums qui seraient remis à ces sauvages en voie de disparition. L'armée, en effet, lançait parfois des raids pour les exterminer — ils auraient besoin de pansements, de vitamines et de pilules antidépressives.

Voici un extrait du journal de Jean-Marie Poulard (au préalable vendu à un éditeur parisien), que l'on retrouva six mois après sa disparition, dans l'un de ces containers de médicaments, étanche, que le fleuve Barango rejeta sur ses berges, plusieurs centaines de kilomètres après le lieu supposé de l'accident. Car on ne retrouva jamais aucun corps.

Lundi 20 mars. Derrière la ligne des volcans, après une longue marche dans les ravins, on atteint la forêt. Un torrent coule dans la neige : c'est le Barango. Un autre torrent, un troisième, cinquante torrents coulent ensemble, puis c'est un fleuve qui se jette dans un fleuve. Des moustiques en permanence, tragiques le soir, à cause de la lumière du feu. La nuit, des troupeaux de rats galopent autour de nous, et en posant la main sur le sol, je me suis aperçu que les fourmis recouvraient tout. Demain, à l'aube, nous mettons le bateau à l'eau.

Mercredi 22 mars. Bob a été piqué par une tarentule. Une seule solution, pour le sauver : le frotter avec du whisky et le saouler. La transpiration produite a réussi à expulser le venin. Mais nous n'avons plus une goutte d'alcool : la prochaine piqûre de tarentule sera mortelle.

Jeudi 23 mars. On se trompe toujours. La plante que je voulais cueillir est un animal. Un gros ver, voilà ce que j'ai ramassé, un ver blanc et dégoûtant, qui prend racine juste avant de mourir et se transforme en tige. Il enfonce dans le sol des pattes qui lui grandissent sous le ventre, des feuillages viennent s'y mettre, des fleurs, et vous savez comment est la jungle : le tour est joué.

Combien de temps allons-nous tenir ? Bob se repose au fond du canot. Nous ne sommes plus que trois à manœuvrer. Arriverons-nous à franchir les rapides, dans une dizaine de jours ?

Samedi 25 mars. Nos premiers Indiens Ottomacs. Leur chef a un chapeau de paille ébréché, un caleçon rouge roulé sur le genou. Il marche au bord du fleuve, s'arrête, creuse et découvre des œufs de tortue. Puis il s'esquive. Pas l'air bien dangereux.

Bob fait une remarque à propos des tortues :

— Regarde, quand elles pondent, elles pleurent.

— Elles ne pleurent pas, dit le guide. En creusant leur trou elles se sont mis du sable dans les yeux. Elles pleurent pour chasser le sable.

Voilà une remarque qui intéressera mon éditeur. Il m'a demandé de la couleur locale.

(Les deux dernières phrases sont écrites dans la marge.)

Lundi 27 mars. Un village au bord du fleuve, des baraques en terre et en chaume éparpillées dans la forêt. Ce ne sont pas des Indiens, mais des militaires, surpris de nous rencontrer. Ils n'ont pas l'air commodes. Ces troupes, perdues dans la jungle, ont des habitudes d'autonomie que n'ont pas les soldats réguliers. Ils vivent de la chasse, n'écoutent aucun ordre. Le plus gros de leur bande a décroché son fusil quand nous avons débarqué. Le bateau prend l'eau. Il faut réparer. Les rapides ne doivent plus être loin.

Le journal de Jean-Marie Poulard s'arrête ainsi. À l'époque, des gens informés ont pensé que les soldats l'avaient tué avec ses compagnons, puis qu'ils avaient jeté les corps dans les rapides du fleuve Barango — où la violence du courant les aurait déchiquetés. Possible. Possible aussi que, selon sa volonté première, Poulard ait réussi à atteindre les infranchissables rapides et, grâce à son matériel inadéquat, ait trouvé là une mort prévue. Le carnet rangé dans la caisse de médicaments n'aurait ainsi jamais existé que pour donner le change. Un grand hebdomadaire en a publié quelques pages — cela aurait pu devenir un best-seller. Le canot ? On n'en a retrouvé qu'un morceau, sur lequel était écrit en lettres fluorescentes : « *Banemberg, la bière qui noie la soif.* »

TROISIÈME MÉTHODE

Les infréquentables

COMMENT PÉNÉTRER LA MAFIA POUR MIEUX LA TRAHIR — DU BON USAGE DE LA PÈGRE — L'ART DE FOURRER SON NEZ OÙ IL NE FAUT PAS

Jack Bouvillon ne se cache pas. Il y aurait pourtant de quoi. Il s'est mis à table et a livré au juge d'instruction les noms des caïds les plus cruels du Vieux-Port, avec des preuves, un tas de preuves : de quoi les flanquer en cellule jusqu'à la grâce médicale pour maux imaginaires : quelques mois. Comment en était-il arrivé à connaître d'aussi près cette pègre, lui, le fils d'Henri Bouvillon et d'Antoinette Mâchepied, parfumeurs honnêtes ? L'argent. Le jeu. La déception amoureuse. Une sale gueule. Les dettes. Bref, un circuit très ordinaire, une pente. La police ne le recherchait pas, on ne lui demandait rien, mais il était venu offrir un joli paquet de documents accablants qui permettraient à la police de coincer sans effort Gros

Louis, Joseph Martineau, dit le Bétonneur, et Dino — auxquels il avait rendu de menus services pour renflouer son compte en banque. Les truands ont toujours besoin d'un homme de paille, pas vrai ?

Un matin, donc, Jack était allé au Palais de Justice. Le juge Brocard n'en revenait pas.

— Gros Louis… Vous connaissez sa spécialité, je suppose ?

— Mais oui. Il a enfermé Marcel Bousier dans sa voiture, et hop, jeté vif au broyeur. À part ça, demain, comme je l'ai écrit pour vous sur ces papiers, il reçoit une livraison d'héroïne à la pizzeria de Dino.

— J'ai vu, oui, disait le juge. Bon, voilà ce que vous allez faire : changez de tête, changez de ville, qu'on vous oublie…

— N'exagérons pas.

— Quoi ? Les preuves que vous m'apportez, elles sont signées ! Même si je les coffre tous, votre vie est menacée !

— Oh, ma vie…

— Vous avez une femme, des gosses…

— Des beaux-parents, une sœur, deux frères, des cousins…

— Eh bien filez !

— Mais le procès ?

— On vous préviendra s'il a lieu. Où comptez-vous aller ?

— Nulle part.

Le juge avait haussé les épaules.

— J'aimerais pouvoir vous surveiller jusqu'au procès…

— Pas la peine, monsieur le juge.

— J'ai bien envie de vous flanquer au trou.

— Pour délation ?

— Pour que vous puissiez témoigner vivant ! Je ne vous saisis pas, Bouvillon, mais pas du tout…

Le lendemain, la rafle avait été fructueuse. Dino, Gros Louis étaient tombés. Jack Bouvillon avait toutefois omis quelques noms parmi les plus redoutés : Marinetti, Caralla, Piselli, des tueurs, les contacts entre Palerme et la Côte d'Azur. Ceux-là, il les attendait. Il les avait même fait prévenir par voie de presse, après les arrestations, quand un reporter de *Nice-Matin*, aiguillé par des inspecteurs peu discrets, l'avait interrogé sur le démantèlement du réseau des pizzerias. Pour la forme, on n'avait pas mentionné son nom, mais Bouvillon était éminemment reconnaissable. Il en avait rajouté, parlant d'une mallette qui ne le quittait pas, de la dynamite, des documents capables de faire coffrer une trentaine de bandits supplémentaires.

— Vous êtes drôlement imprudent, avait remarqué le journaliste.

— Je les tiens, avait répondu Bouvillon.

Il savait que cette dernière fanfaronnade lui coûterait la vie.

C'est ce qu'il voulait.

Il en avait assez.

Pourquoi se tuer soi-même quand des professionnels allaient s'en occuper à titre gratuit ? Nous étions en juillet et il les attendait dans son mas. Un jour qu'il épiait les environs à la jumelle, il eut un battement de cœur en reconnaissant l'auto de Piselli. Il posa ses jumelles et monta faire un semblant de sieste dans sa chambre de l'étage.

Ils ont rangé leur auto en contrebas, sous un gros figuier dont l'écorce ressemble à une peau d'éléphant. Ils grimpent maintenant vers le mas aux toits de tuiles romaines, à travers les vergers. On n'entend que leurs pas qui froissent l'herbe sèche, et les grillons. Le premier est un grand échalas au museau pointu et au crâne ras, des gouttes de sueur coulent sur son nez cassé par la boxe. Le deuxième, plus râblé, porte une veste de treillis nouée par les manches à sa taille. Il a un arc de chasse en bandoulière. L'autre, à la traîne, souffle et bougonne, ventru, avec un short, des mollets déplumés, des sandales de moine : en traversant le potager il se prend les pieds dans un tuyau d'arrosage vert fluo et manque s'étaler dans un bouquet de sauge.

Trois heures de l'après-midi, en juillet.

Sur la pelouse grillée, devant la maison, des serviettes étalées au soleil. Après les pins et les cactus pâles on perçoit des rires intermittents portés par l'écho : il y a un mur de pierres grossières, et un plongeoir réduit à une longue échelle blanche :

des enfants crient et s'aspergent dans la piscine, là-bas, à l'autre bout du jardin. Les trois hommes ne s'en soucient pas, ils rentrent sous la véranda où, dans une chaise longue, Mme Bouvillon a ouvert un œil en les entendant marcher sur le gravier.

« Notre ami s'est fait piquer par un taon », dit le rasé en montrant le bedonnant qui reprend son souffle. Mais avant que la femme ait pu enfiler ses mules, il lui envoie un jet de lacrymo dans les yeux. Pour l'empêcher de hurler, le rasé lui fourre dans le gosier quelques pages d'un *Figaro* oublié sur la table. En lui tordant le poignet, il la pousse vers la cuisine, il la flanque par terre sur les dalles et l'attache au premier tuyau avec des menottes de la police. Sans une parole, car tout semble préparé, les trois malfrats enfilent des gants de caoutchouc et mettent des masques de chirurgien, puis ils montent ensemble à l'étage par un escalier plutôt raide. On dirait qu'ils connaissent la maison. Ils vont droit à la chambre de Jack Bouvillon, qui sort à cet instant, comme alerté par le ramdam, et tombe nez à nez avec le commando.

— La mallette ! grogne le rasé derrière son masque, et il menace le donneur avec son poignard de parachutiste.

— Tu t'fous de moi, Marinetti ? dit Bouvillon sur un ton arrogant. Tu crois que j'te reconnais pas ?

L'autre tend brusquement le bras et sa lame s'enfonce facilement dans la graisse de Jack Bouvillon. Une tache rouge grossit sur le tee-shirt comme de l'encre sur un buvard. Impossible de s'esquiver : Bouvillon est éventré contre le mur. Il s'effondre en silence, la bouche ouverte, les yeux ronds, sans même retenir ses boyaux.

Encore deux ou trois coups bien lardés et le grand Marinetti ôte sa chemise poissée de sang. Il va laver son couteau et sa main droite, quand tout se complique : dans la salle de bains, une fille brune et gironde au regard terrifié, la petite sœur de Bouvillon, qu'on appelle Bobette, vient de saisir une paire de ciseaux pour se défendre. Elle va crier à mort, c'est sûr : le tueur lui envoie son poing sanglant dans l'estomac, elle se casse en deux, se retient un moment au lavabo avant de donner du nez contre le sol.

— Piselli !

Piselli accourt, son arc à la main. Il farfouille dans l'armoire à pharmacie et saucissonne la fille avec du sparadrap, sans se presser, parce qu'elle a un maillot de bain vraiment sommaire. D'ailleurs il cause :

— T'as vu ce cochon de Jack...

— Comment ça, si je l'ai vu ?

— T'as vu la mine qu'il a ?

— La mine d'un cadavre.

— Non. On a l'impression qu'il se marre.

Marinetti sort de la pièce pour ne pas entendre de telles sornettes, mais il va regarder le corps de Bouvillon. Il faut bien en convenir, ce traître a l'air de se moquer. Pas de philosophie, pense Marinetti, il faut trouver cette sacrée mallette.

Dans une autre chambre, les assassins dégottent deux vieux serrés l'un contre l'autre. « Mais c'est une colonie de vacances ! » dit le rasé. Avec José Caralla, dit Joe, le gros en sandales, il pousse les beaux-parents de Bouvillon, blêmes de terreur, dans l'escalier de bois. Pour s'amuser, le rasé fait un croc-en-jambe au vieux qui déboule les vingt marches tête en avant. La vieille s'évanouit : on la traîne par une jambe, sa tête résonne et se cabosse.

Les vivants et les assommés sont bientôt alignés dans le grand salon du rez-de-chaussée où il fait plus frais, devant la télé. Piselli allume le poste afin de profiter du dessin animé.

Un bruit de course sur le gravier.

L'homme à l'arc se précipite. À dix mètres, un jeune type s'enfuit en courant vers le chemin qui mène au village. Piselli tire une flèche, le manque, ajuste, en tire une autre, atteint le fuyard à la jambe. Le rasé l'a vite rejoint, l'empoigne et le tire vers le mas, couteau sous la gorge, flèche plantée dans la cuisse. Le garçon gémit. Il est jeté avec les autres dans la pièce du bas. Sur l'écran de la télé, Bugs Bunny croque une carotte.

— Piselli, tourne dans les pièces, qu'y en ait pas un qui s'débine avant qu'on ait mis la main sur les documents de ce bon vieux Jack. Joe, allume le barbecue, dehors, à côté d'la véranda…

Tandis que le gros Joe Caralla allume sans trop savoir pourquoi le barbecue, avec un peu de charbon de bois et des sarments de vigne, un enfant de six ans environ s'approche de lui.

— Vous êtes un ami de mon papa ?

Le gros sursaute, s'éponge, car il sue même à l'ombre, la chemise collée à la peau.

— Pourquoi t'as un masque ? dit le marmot.

— Qu'est-ce tu veux ?

— Du chocolat et du jus d'orange.

— Ah oui, orange et chocolat, c'est un fichu mélange, ça. Avec la menthe, j'aime pas. Le chocolat et la menthe, c'est snob, hein ?

Avisant un panier plein de boules de pétanque, le long du mur, Caralla demande :

— T'aimes la pétanque ?

Avant que le gamin soupçonneux ait répondu, le gros attrape une boule et lui défonce le crâne comme une coquille d'œuf à la coque. La cervelle coule sur le gravier. Caralla rentre dans la pièce basse au moment où le rasé secoue Mme Bouvillon. Il la questionne. Elle ne sait rien. La jeune Bobette saigne du nez et renifle. Les autres se sont réfugiés dans une sorte de coma.

— Marinetti, dit le gros, y avait un gosse…

— Pas de noms, crétin !

— Y nous ont vus, ça fait plus rien.

Il arrache son masque.

— Quoi, le gosse ? dit le rasé avec agacement.

— Un gosse qui voulait du chocolat. J'lui ai écrabouillé la tête.

— Piselli, accompagne cette andouille et faites disparaître ces gamins de merde !

Puis il décolle lentement le sparadrap qui fermait la bouche de Bobette, elle crie tout de suite, il lui saisit le cou :

— Une mallette, toi non plus ça te dit rien ?

Les deux complices sortent et avancent vers la piscine, avec le panier de boules de pétanque. Quatre enfants nagent et s'envoient de l'eau javellisée dans les yeux en éclatant de rire. Ils interrompent leurs jeux en voyant arriver Piselli et Caralla.

— C'est monsieur Caralla, dit une petite fille aux cheveux longs et mouillés.

Les enfants s'agrippent aux rebords de ciment pour monter sur l'herbe. La fillette reçoit une boule sur la tempe et retombe à l'eau, tandis que Piselli, l'archer, saisit deux poignets de marmots qui piaillent et les tire sur l'herbe.

— Le p'tit blond, il nage comme un poisson de l'aut'côté !

— Champion de pétanque je suis ! dit Caralla.

Le gros Joe lance de toutes ses forces une autre boule qui touche le garçonnet aux reins, au moment où il remontait sur l'autre bord. Il tombe lui aussi dans l'eau bleue et claire. Piselli a déjà étranglé ses deux petits prisonniers, il tire deux flèches pour transpercer les deux derniers mômes du groupe, qui se tortillent de douleur entre deux eaux.

Lorsqu'ils reviennent au mas, ils trouvent le rasé qui essaie d'asseoir Bobette sur le barbecue. Elle gigote et il n'y arrive pas.

— Aidez-moi, vous deux !

— T'es pas subtil, toi, tu t'crois toujours dans une casbah !

— Elle parlera !

— Quand elle s'ra moins évanouie, ouais.

Sitôt lâchée, Bobette s'écrase sur le gravier. Ils l'empoignent et, à l'abri de la véranda, l'abandonnent à Piselli, lequel l'égorge comme un Sioux, content d'abandonner un peu sa vie sédentaire pour renouer avec les délices de l'action. On se demande bien pourquoi il ne la scalpe pas, pour ramener cette chevelure à ses chefs, comme preuve, parce qu'il a des chefs, c'est évident, avec cette allure de chien-loup qui répond au sifflet.

Marinetti expédie ses acolytes dans les étages : qu'ils fouillent tout, qu'ils cassent les armoires, qu'ils déchirent les matelas, qu'ils trouvent enfin cette mallette ! On les entend, au premier, qui déplacent les meubles et réussissent un joli vacarme. Marinetti en profite pour étrangler les ultimes témoins de la boucherie avec un fil de fer dégotté par hasard sur le banc de pierre, devant la porte principale. Il constate avec surprise et intérêt que les vieillards résistent plus longtemps, pourtant, ce n'est pas la première fois qu'il tue.

— On l'a ! gueule une voix en haut de l'escalier.

Piselli pose la mallette noire sur la table de la cuisine.

— On ouvre ?

— Ça nous r'garde pas.

Fatigués de leurs exploits guerriers, nos trois héros lavent une dernière fois leurs armes primitives dans l'évier, flèches et couteaux.

— J'ai faim, dit Piselli.

— J'm'en occupe, dit le gros Caralla, qui tient une gargote sur la côte, à mi-chemin de la montagne et de la plage. On vient de loin y manger des moules à la provençale. Le client averti peut aussi s'offrir une serveuse, pour trois cents francs, et les serveuses changent souvent — avant de partir à Munich ou à Casablanca. Pour l'heure, Joe Caralla inspecte le frigo :

— Je vais faire des steaks hachés à ma façon.

— D'la viande hachée à ta façon ? J'suis pas partant.

— On fait avec c'qu'y a ! Monsieur voudrait des carpes à la Chambord ?

— C'est quoi ?

— Des carpes farcies d'un hachis de quenelles et de lardons, monsieur, et cuites dans le vin blanc, et présentées avec une garniture de grosses quenelles, de ris de veau piqués, de fonds d'artichaut, de croûtes glacées et d'écrevisses.

— Finies, vos clowneries ? dit Marinetti en essuyant son couteau à un torchon.

Caralla se tait, prend le poignard de la main du rasé et se met à couper des oignons en rondelles fines. Piselli cherche des assiettes et des couverts dans le buffet. Il a déjà débouché une bouteille de rosé du Var, et le rasé se sert. Caralla fait blondir ses oignons avant de les mélanger au bœuf haché, avec du persil, de l'estragon et de la moutarde forte.

— Vous avez rien contre le poivre ? dit-il aux autres.

Quelles leçons pouvons-nous tirer de cet effrayant récit ? La trahison caractérisée de Jack Bouvillon a entraîné un massacre. Les journaux vont en parler avec complaisance. On va se demander qui était Bouvillon : que savait-il ? Était-il si important ?

L'affaire rebondira deux ou six mois plus tard, lorsque les tueurs finiront par tomber aux mains de la police. Miser sur les truands présente de multiples avantages. S'ils étaient très malins, sans doute exerceraient-ils un autre métier, donc, forcément, par bêtise, un jour ou l'autre ils se font arrêter. Ils avouent. Leurs patrons trinquent. Jack Bouvillon devient une manière de vedette, l'homme qui voulait briser le gang des pizzerias. Avec un peu de chance, certains journalistes peuvent le transformer en agent secret, et son destin en est transfiguré. Bien sûr, sa famille a été charcutée en même temps que lui, mais dans le cas précis que nous avons raconté, il ne supportait plus sa femme, ni ses beaux-parents, ni ses enfants…

C'est ainsi qu'en 1985 la mère d'un mafioso repenti a explosé dans sa caravane, à Naples.

QUATRIÈME MÉTHODE

La recherche de l'accident

APPRENEZ LE GESTE QUI TUE —
CONSEILS POUR TENTER LA FATALITÉ —
LA MALCHANCE PEUT ÊTRE DE VOTRE CÔTÉ,
MAIS IL FAUT L'AIDER

— Vous m'avez demandé, monsieur le directeur ?

— Petitot ! Asseyez-vous.

Max Petitot n'était jamais entré dans le bureau du patron, mais il n'osait trop regarder, par crainte… Par crainte de quoi ? Max Petitot avait peur de tout. Depuis seize ans dans la même entreprise de jouets, il n'avait jamais réussi à grimper. Il prenait les commandes et mettait des tampons sur des factures de poupées pisseuses ou de boîtes à malice. Au début, on l'avait affecté au secteur « farces et attrapes », mais son air sinistre et sa timidité ne convenaient pas à ce poste, et il était la proie de ses collègues, qui testaient sur lui les nouveautés. Combien de paquets avait-il reçus, d'où un diable grotesque surgissait, lui donnant à chaque fois des palpitations. Et il ne s'était jamais habitué aux étrons en plastique si bien imités qu'on lui posait dans son assiette, à la cantine. Mais il n'était pas vilain garçon, et la jeune Paulette Chiche, du contentieux, avait souvent essayé de l'entraîner au cinéma. Elle avait réussi, une seule fois, mais c'était un film déprimant de Robert Aldrich, *The Big Knife*, où le jeune Jack Palance jouait le rôle d'un acteur célèbre poussé au suicide par un entourage sordide.

— Petitot, disait son patron, j'ai un marché à vous proposer…

— À vos ordres, monsieur le directeur.

Raoul Dubois d'Escarre ne pouvait songer qu'à Petitot. La discrétion de ce dernier, sa timidité proverbiale, son absence d'ambition plaidaient en sa faveur. Le marché était le suivant :

— La chose est délicate, Petitot. Il s'agit de ma femme.

Max Petitot avait aperçu plusieurs fois Mme Dubois d'Escarre, une blonde qui sortait toujours de chez le coiffeur, ou en donnait l'impression, avec des talons hauts comme des échasses et un parfum, un parfum qui restait longtemps après son passage, un parfum qui faisait rêver l'infortuné.

— Odette, ma femme, me trompe.

— Oh, monsieur le directeur…

— Je le sais ! Ce n'est pas vous qui allez me l'apprendre. Elle me trompe avec le sénateur

Bacon, elle me trompe avec n'importe qui. Dès que j'organise une chasse, à Soizy-le-Maurice, elle me trompe. C'est saisonnier, je veux bien, mais cela m'énerve, Petitot, vous entendez : cela m'énerve !

— Monsieur le directeur…

— Voici ce que nous allons faire, vous et moi. Vous êtes assez joli garçon, plus jeune qu'elle, si vous vous habilliez correctement, elle vous sauterait dessus.

Max Petitot, minuscule dans le fauteuil, fronçait les sourcils. Où son patron voulait-il en venir ?

— Vous vous demandez où je veux en venir, hein ? Eh bien voilà, Petitot, vous êtes mon homme. Nous allons la semaine prochaine, pour le week-end, à Soizy-le-Maurice. Je vous emmène.

Max Petitot était blanc comme un bidet.

— Je n'ai *jamais* pu surprendre ma femme dans les bras d'un autre, voyez-vous, et grâce à vous, je vais réussir.

— Comment cela, monsieur le directeur ?

— Simple. Le soir, elle vous entraîne dans sa chambre — nous faisons chambre à part —, et à ce moment précis, enfin, un peu après, quand vous serez au lit, Odette et vous, j'entre avec un appareil photo et Me Verdasse, mon huissier, et c'est tout !

— C'est tout ?

— J'ai le constat d'adultère en poche, je divorce, je retrouve la liberté. Ah ! Petitot, je vous envie, vous êtes libre, vous, à ce que j'ai cru comprendre ?

Et moi, je veux me débarrasser d'Odette. Ça va ? Vous ne vous sentez pas bien ?

— Si si, il faut que je m'habitue…

— Bien entendu, je vous augmente, vous passez chez nos cadres, j'arrange votre carrière.

Raoul Dubois d'Escarre tendait un double scotch à Max, qui se sentait mal. Celui-ci retourna dans son bureau légèrement pompette et ses collègues en furent étonnés.

— Monsieur Petitot, dit Mlle Vacherin, qu'avez-vous fait des commandes de faux nez pour *Bijou-Joujou*, à Montpellier ?

— Bijou, hibou, chou, genou… bredouilla Petitot en se tapant sur le genou.

— Vous n'êtes pas bien ?

— Au poil !

Le soir, dans son studio du boulevard Brune, il réfléchit en ouvrant une boîte de cassoulet.

Il avait accepté l'offre de Raoul, son patron. C'était assez amusant, et, dans un premier temps, il se vit directeur adjoint. Il avait posé sur la table un chèque de M. Dubois d'Escarre, une somme rondelette, pour s'acheter des vêtements présentables, et mieux frimer parmi les invités. Il n'aurait rien à dire. M. Dubois d'Escarre avait tout prévu : il le présenterait comme un financier de haute volée, propriétaire de chevaux de course, vivant à Sacramento (Californie). Max avait bien précisé qu'il ne parlait pas un mot d'anglais, mais qu'importe, avait dit son patron. Et si on l'interrogeait ? « Restez évasif. » Cela lui convenait.

Il dormit très mal.

Il se réveilla encore plus mal et arriva pour la première fois en retard.

— On te croyait malade, Petitot, dit son voisin de cantine.

— Non non…

— Monsieur Petitot !

Mlle Vacherin l'appelait. Il abandonna sa salade de tomates et se précipita.

— M. Dubois d'Escarre vous demande.

C'était pour lui donner trois jours de congé, afin qu'il se prépare. Mlle Vacherin, l'âme damnée, allait l'aider à choisir un costume et des vêtements sport. Cette idée n'enchantait guère Max Petitot. Il détestait la secrétaire particulière du patron, une peau de vache qui avait contribué au licenciement de plusieurs employés. Mais il devait se plier aux exigences du directeur.

Ce fut une journée éprouvante.

Mlle Vacherin ne le quitta pas d'une semelle, et ses réflexions cuisantes faisaient mal.

— Non, pas cette veste ! Vous n'êtes pas taillé pour porter du Cardin, mon pauvre Petitot ! Il faut une coupe plus sobre, plus classique… Là, rentrez votre ventre… Ce costume ? Vous auriez l'air d'un singe savant…

Elle l'avait humilié dans une dizaine de boutiques de la rue Saint-Honoré. Ensuite, elle l'avait jeté dans un taxi, avec tous ses paquets, et elle l'avait accompagné jusque chez lui, « pour voir où il habitait ». Personne n'était entré chez lui, personne, même pas Paulette Chiche, du contentieux, qui avait maintes fois sollicité cet honneur suprême. Mlle Vacherin s'imposait et il n'osait rien dire, pensant à part qu'il était réellement un minus.

— Mais il vit dans un placard, notre Petitot ! s'exclama Mlle Vacherin en s'asseyant sur le tabouret de la kitchenette.

— Avec mon salaire…

— D'autres se débrouillent.

— Je sais. Poinssonet a acheté à crédit.

— Et ça, c'est le lit où vous culbutez vos conquêtes ?

Elle devenait triviale, en montrant le lit à une place, très en désordre, et une paire de pantoufles trouées à côté du cendrier qu'il avait oublié de vider.

— Charmante, votre porcherie, dit encore Mlle Vacherin en ôtant son pull en cachemire, comme dans les réclames pour les soutiens-gorge qu'on voit au cinéma pendant l'entracte.

— Mademoiselle Vacherin !

Elle le renversa avec sauvagerie et le sommier grinça. Il étouffait. Elle lui arrachait son pantalon. Il ne l'imaginait pas comme ça. Vraiment pas. Elle était plus jolie toute nue qu'habillée, elle devait faire exprès de s'enlaidir pour se donner un air sérieux, mais cela ne produisait aucun effet chez Max Petitot, qui avait si peur des femmes, et même de Paulette Chiche, du contentieux, qui lui semblait si douce. La furie lui laboura un moment l'abdomen puis elle se redressa, le visage en feu, ramassa ses affaires et lui lança :

— Vous n'êtes pas capable de grand-chose, mon pauvre Petitot !

Il respira quand elle sortit en claquant la porte, ce qui eut pour effet de décrocher une petite gravure achetée sur les quais, et qui représentait les berges de la Seine autrefois, avec des lavandières, des baigneurs, des bateaux à voile.

Petitot se leva à son tour. Il ouvrit le tiroir de son unique table et en sortit un cahier d'écolier dans lequel il avait collé des articles de journaux. C'était à l'époque où il cherchait une idée pour se tuer. Il n'avait plus ouvert ce cahier depuis un an. Il s'assit sur son tapis poussiéreux et feuilleta le cahier tragique. *Morte pour avoir voulu maigrir trop vite… Deux sœurs tuées ensemble sur un passage protégé… Un cafetier tué par un client… Chute mortelle… Pneu fatal…* Voyons… Un ouvrier agricole avait été tué par l'éclatement d'un pneu de tracteur qu'il venait de gonfler… Trop compliqué… *28 morts au Ghana…* Ah oui : des affrontements entre tribus… Max avait songé prendre un billet pour le Ghana, et, dans la région de Mamproussi, trouver la mort violente qu'il n'osait se donner lui-même… *Méprise tragique…* L'histoire d'un enfant qui jouait dans les fourrés, derrière la propriété de ses parents, et qui avait été tué d'une décharge de chevrotines en pleine tête. Un chasseur l'avait pris pour un sanglier. Un chasseur. Un chasseur ? Mais il allait à la chasse, Max Petitot !

L'idée commençait à germer.

Comme il avait encore deux jours de congé, Max Petitot se documenta sur les accidents de chasse. Les morts accidentelles, pendant les battues, on en repère un bon nombre chaque année. Des ramasseurs de champignons en ont fait les frais, des campeurs ont été atteints par le ricochet des balles, un bébé, qui dormait sur une terrasse, a eu son oreiller truffé de plombs. En résumé, la chasse n'est pas dangereuse que pour le gibier. Max Petitot eut soudain envie de se livrer à un éloge de l'imprudence.

Il n'avait chassé qu'une fois.

Il y a bien longtemps, avec son père, quand un vol d'étourneaux s'était abattu sur le cerisier. Le père avait tiré, le fils avait été obligé de tirer, ce fut un carnage, les petites bêtes dégringolaient de l'arbre. Le pire : il avait fallu les manger au dîner, une chair élastique et fade qui se déchirait mal sous la dent, et les petits plombs dont il fallait se méfier. Max Petitot s'était ébréché une molaire.

La veille du départ, il acheta boulevard du Montparnasse des albums en solde qui traitaient de la chasse. Soizy-le-Maurice, la propriété de Raoul Dubois d'Escarre, se situait près du massif de

Chartreuse. On y tirait le chamois, le mouflon, le sanglier, la poule d'eau et le lièvre gris…

Restait à apprendre le geste qui tue. Petitot avait longuement médité sur la façon de coincer son imperméable dans les portes du wagon, quand le métro démarrait, pour se faire traîner sur le quai jusqu'à ce que mort s'ensuive. Il n'avait jamais osé passer à la pratique. Mais les armes à feu allaient lui faciliter la tâche. Il pourrait peut-être se prendre les pieds dans une branche morte, doigt sur la gâchette, le coup partirait au moment de la chute. Non. On dirait encore : ce Petitot, il sera mort comme il a vécu, avec tant de maladresse. Non non. L'accident devait venir d'un voisin de battue.

Il arriva en taxi devant la grille de la propriété de Raoul Dubois d'Escarre, un vendredi à cinq heures. Un valet s'occupa de sa valise Vuitton, dont il n'aimait pas la couleur, mais Mlle Vacherin avait insisté. Pourvu qu'elle ne soit pas là, après la mésaventure de l'autre soir, songeait Petitot, mais elle n'était pas là, il n'y avait que du beau monde propre et lissé, devant des drinks, dans le jardin.

— Ah ! voici Max ! dit Raoul avec une conviction de comédien averti.

On lui serra la main. Une grande bringue le regarda d'un œil ravageur. Odette Dubois d'Escarre, qui ne bougeait pas de la balancelle, l'étudiait bizarrement. À vrai dire, Petitot était le plus jeune de cette bande. Le ventre des autres pointait sous leurs chemises Lacoste et les cheveux grisonnaient aux tempes. Ils souriaient à la californienne, sans raison et à propos de tout, s'appelaient « chéri » à tour de bras et, apparemment, les dames se laissaient tripoter. Petitot se retrouva sur une chaise dure en bois laqué, un verre à la main, avec une crainte qui le tenaillait : pourvu qu'on ne lui pose pas trop de questions. Il se rassura vite. Ces gens-là, quand ils posent une question, de toute façon, n'attendent jamais la réponse. Au dîner, on parla du sanglier empaillé qui effrayait tant les enfants des gardiens, et plus tard, devant la bouteille de marc, on se répartit en équipes pour la journée du lendemain.

— Ludovic, je pense que vous aimerez la compagnie de Jean-Hugues… Pierre, avec Amanda…

— Chic ! chic ! applaudit Amanda, la grande bringue aux yeux en velours.

— Notre ami Max… Et s'il allait avec vous, mon cher Lampin ?

Petitot ne comprit pas immédiatement pourquoi les chasseurs soupiraient. Ils étaient en fait assez contents de ne pas se retrouver, fusil en main, à côté d'Amaury de Lampin, un myope à la main tremblante, piètre tireur et danger authentique. Cela, Petitot l'ignorait encore.

On se sépara sur mille galanteries avinées, et Raoul prévint notre suicidé putatif :

— Petitot, fermez votre chambre, ce soir. Le détective viendra demain. Ma femme vous a remarqué. Demain soir, nous aurons les photos ! Si elle frappe à votre porte, tout à l'heure, n'ouvrez pas, faites-la languir, elle adore ça.

— Ah bon, comme vous voulez, monsieur le directeur…

— Hep ! Pas de sottise. Je suis Raoul, jusqu'à lundi.

Petitot s'enferma donc dans sa chambre. C'était grand comme son appartement, même plus grand, avec une vraie salle de bains où le robinet mélangeait tout seul l'eau chaude et l'eau froide, qu'on pouvait mesurer grâce au thermostat, du luxe, quoi. Sans parler des tapisseries, au mur, qui avaient une mine ancienne. Cela lui serait encore plus difficile de regagner son studio, heureusement, il n'en était plus question : demain soir il serait mort. Nécessité absolue. Merveilleuse occasion d'en finir. Il ne faut jamais manquer de semblables chances, dès qu'elles se présentent. La chambre elle-même le confortait dans son idée morbide : jamais de sa vie il n'aurait assez de sous pour s'en offrir une semblable, même si son patron l'augmentait, après le flagrant délit. Jamais il ne reviendrait dans cette maison. Alors…

Il accrocha son beau costume dans la penderie de chêne.

Il se regarda dans la glace de la salle de bains.

Il se coucha.

La porte s'ouvrit. Qui était-ce ? Il l'avait fermée, cette porte, il y a dix minutes... C'était une autre porte, qui communiquait avec un salon voisin. Et Odette Dubois d'Escarre fit son apparition. Le mot tombait juste. Petitot crut à un fantôme ou à une fée, mais il s'était sans doute déjà endormi, pas du tout : elle lui parlait, en laissant tomber les bretelles de son déshabillé de soie. Comme Petitot avait oublié de fermer les volets, un rayon de lune éclairait les épaules rondes de la femme du patron.

— Max, dit-elle dans un murmure.

— Madame... répondit Max qui manquait tourner de l'œil.

— Vous savez pourquoi ils vous ont mis avec Lampin ?

— Euh, non, je ne connais pas M. Lampin.

— Lampin, des savonneries. Le myope.

— Ah, demain, je vois, oui, pour la battue.

— Il fait peur aux autres, mon petit Max...

— Tiens ?

— Il tire comme un cochon.

— Ça c'est amusant...

— Pas tellement. Il nous a déjà blessé deux rabatteurs, l'année dernière.

Petitot, pour la première fois de sa vie, avait de la veine. Il n'en souffla mot, oublia quelques instants qu'il avait résolu d'en finir avec la vie en regardant fixement le décolleté de Mme Dubois d'Escarre. Mais il savait que, comme cette chambre, il ne rencontrerait jamais de femme aussi belle.

Elle s'était assise sur le bord du lit.

— Max, promettez-moi d'être prudent.

— Oui madame.

— Odette, grand fou !

— Oui Odette. Mais on doit se lever à l'aube…

— Je vous laisse. Il faut que vous soyez en forme pour la partie de chasse, et surtout pour surveiller ce dadais de Lampin ! Mais demain soir…

— Oui ?

— Le repos du guerrier, Max !

Elle se leva et disparut par la porte de communication. Cela sentait le coup monté. Par qui ? Par lui ou par elle ? Bof, se disait Petitot, demain je serai loin. Sa dernière nuit. Il rêva à des bêtises. Le voici dans le bureau de M. Dubois d'Escarre. Odette était sur ses genoux et il mettait à la porte Mlle Vacherin en lui jetant des pétards. Raoul était en clochard, dans le métro, il lui offrait un moutardier à musique. Un valet de chambre le réveilla très tôt, avant le lever du jour, au moment où il installait une usine de jouets dans son studio du boulevard Brune.

Les chasseurs bâillaient à s'en décrocher la mâchoire, en foulant l'herbe humide du parc.

— Vous savez tirer ? demanda Raoul à Petitot.

— Très mal. Les cartouches, on les met comme ça ?

— Marcellin vous expliquera. Vous n'aurez qu'à faire semblant, comme nous autres. La chasse, voyez-vous, dans notre milieu, c'est une tradition. Cela me permet d'inviter ces messieurs, et de leur en foutre plein la vue ! *(Puis, avisant Amaury de Lampin :)* Et puis, Amaury est un rude fusil !

Ils se séparèrent en petits groupes, guidés par des gardes-chasse en casquettes. Marcellin glissa deux mots à Petitot :

— Que monsieur se méfie, M. Lampin tire comme une savate.

— Je sais, j'ai été prévenu.

Ils s'enfoncèrent dans les fourrés.

— Là ! cria Lampin en épaulant.

— C'est un merle, monsieur Lampin, dit le garde-chasse.

— Délicieux ! dit Lampin.

— Au fait, que chassons-nous ?

— Le sanglier.

— Soit, je vous abandonne ce merle.

— Qui est déjà loin, reprit Petitot.

Plus loin, le garde-chasse les abandonna en leur indiquant le chemin à suivre. Il allait rejoindre les rabatteurs, en jeep, contournant le petit bois. Petitot le vit s'éloigner vers un chemin forestier où l'attendait effectivement une jeep.

Enfin seul avec le myope.

Il s'agissait de jouer serré.

Ils marchèrent une bonne heure, sans rien à se

mettre sous le fusil. Lampin s'énervait, ce qui était un bon signe :

— Agaçant, ces parties de chasse ! Vous ne trouvez pas, mon cher ? On patauge dans de la bouillasse, on s'écorche à des ronces, on coupe des fraisiers à la chevrotine...

— Des fraisiers ?

— C'est une image.

À cent mètres de là, Petitot se décida :

— Là-bas !

— Un sanglier ?

— Je crois.

— Dans quelle direction ?

— Vous voyez la ravine ?

— Pas le moins du monde.

— Un peu à votre gauche, quand la forêt se clairsème.

— Sans doute, oui, eh bien ?

— J'ai vu bouger une masse dans les taillis.

— Tiens tiens !

— Séparons-nous, nous aurons plus de chance.

— Vous croyez ?

— J'en suis sûr.

— Soit, dit Lampin à Petitot, vous avez l'air plus expert que moi.

— Dès que le buisson frémit, tirez.

— Et vous ?

— Je fais la même chose, mais plus à droite.

— Et on mitraille la bête. Riche idée.

Ils se séparèrent donc. Max courut en se courbant

vers les taillis indiqués. Il hésita une seconde. Cet imbécile allait tirer dès qu'il lui en donnerait l'ordre, et il s'imagina comme un rebelle mexicain commandant de sa propre voix le peloton qui allait le fusiller. Il pensa également que Lampin pouvait le rater. Tant pis. C'était le moment ou jamais. Petitot refusait de subir la séance de photos prévue pour le soir, avec le mari outragé, le détective, la femme surprise. Il refusait de retrouver le bureau, Mlle Vacherin et Paulette Chiche, qui était pourtant si douce, avec laquelle il aurait pu… Assez de sensiblerie. Quand on a tout raté, il faut assumer. Il avait fermé le gaz en quittant son studio. La clef était chez la concierge. Il avait déjà dit adieu à ses objets et à ses quelques livres. Il avait même regardé avec attendrissement la casserole dont la poignée tournait, et qui s'était renversée sur ses pieds, le brûlant atrocement avec une sauce bolognaise.

Petitot agita les branches.

Il cria :

— Le sanglier !

Il y eut un coup de feu. Et un autre.

Lampin arriva au galop sur les lieux de son crime, et devant le corps mal en point de son coéquipier, qui râlait, joyeux, la joue dans une ornière, il siffla cette oraison funèbre :

— Ah merde, merde et remerde !

Là-dessus, Max Petitot rendit l'âme, et ne sut jamais la suite.

CINQUIÈME MÉTHODE

Troisième âge et provocation

LES PRIVILÈGES DE LA VIEILLESSE — SAVOIR PROFITER DE L'INSÉCURITÉ MODERNE — LES VOYOUS NE SONT PLUS CE QU'ILS ÉTAIENT : ÉTUDIONS LEURS MŒURS — L'ÈRE DES GAGNE-PETIT

Le jour où la télévision se mit en grève, Suzanne Danton s'est sentie seule. Elle l'était déjà, vous me direz, mais la limite était soudain franchie. Son habitude de dévorer machinalement les programmes de la mi-journée l'avait emporté sur ses autres manies — déjà nombreuses. Et là : le vide. Un écran gris. Le silence et l'horreur du silence. Le feuilleton américain contre lequel elle protestait depuis onze semaines ne passerait pas à 14 h 25. Et les jeux idiots qui lui permettaient de baver sur ses contemporains, à 15 h 10 ? Et les émissions régionales sur les chiens abandonnés et les serpents domestiques ? Et les abominations culturelles sur les grands auteurs de notre patrimoine, malmenés par des raseurs ?

Suzanne Danton laissa bourdonner sa radio, mais elle l'avait délaissée depuis des années et n'en connaissait pas les programmes. D'ailleurs les piles de son transistor étaient presque mortes. Elle alluma quand même son poste de télé, regarda l'écran gris perlé de petits points lumineux insolents. Le désert du Sinaï devait être moins ardu, moins sec, et il ménageait de temps à autre quelques mirages. Mais là, impossible d'attendre un mirage. Où était la speakerine ?

Après les informations du service minimum, il y eut une évidence : Suzanne Danton comprit sa solitude. La famille vivait sa vie, et les voisins aussi. Et elle ? La vie, d'un coup, lui pesait trop. Elle ouvrit sa fenêtre, regarda le plant de tomate qui levait. À son âge, même avec un escabeau, elle n'était plus capable d'enjamber et de sauter.

Le néant se révélait avec brutalité.

Penchée à sa fenêtre, elle vit des laveurs de la Ville de Paris qui nettoyaient le trottoir à grands jets, des Sénégalais en combinaison verte. L'un d'eux, qui glanait les saletés sous les voitures avec un balai, ramassa une pomme de terre tombée d'un camion et la mit dans sa poche. Elle eut envie de le dénoncer, pour passer le temps, mais avant d'enfiler un manteau et de descendre dans la rue, le coupable serait loin.

Elle se posa sur son canapé et tenta de s'endormir.

Le sommeil ne venait pas.

La radio bourdonnait toujours, et elle prêta l'oreille pour surprendre des propos intéressants. Des gens du gouvernement entretenaient les auditeurs de l'insécurité croissante des grandes villes. Elle savait bien, Suzanne Danton, que ceux-là exagéraient un brin. Dans les années trente, lorsque son mari allait dîner avec des amis à La Villette, il emportait son pistolet. Oui, c'est vrai, depuis la guerre, cela avait changé. Dans les années cinquante on laissait sans frayeur les clefs de l'appartement sous le pot de fleurs du palier. Elle entendit l'histoire d'une personne de quatre-vingt-deux ans (mon âge, réfléchit-elle) étranglée chez elle par un drogué en manque.

« Le cauchemar recommence, disait un journaliste. Les meurtres s'accumulent, et les tueurs de vieilles dames reprennent du poil de la bête… »

Quel langage étrange ont ces journalistes, pensa Mme Danton, qui écoutait néanmoins avec attention :

« Pour la onzième fois depuis le 1er janvier une vieille dame a été retrouvée ligotée et étranglée dans son modeste appartement… »

Modeste ? Suzanne Danton contempla ses deux pièces meublées avec goût, croyait-elle, un peu surchargées, mais de bibelots qui valaient des fortunes, de souvenirs sans prix, de meubles cirés qu'un antiquaire vendrait à des gogos pour des sommes folles…

« L'assassin court toujours. Des brigades de CRS patrouillent dans les quartiers chauds de la capitale, où le nombre de personnes âgées est impressionnant… »

Suzanne éteignit le poste.

Cette année-là, avec leur nouvel uniforme qui dégageait bien le ceinturon, soutenus par un ministre peu fréquentable, les policiers créaient un mauvais climat dans le quartier. Plus la peine de s'enfuir en Allemagne de l'Est ou au Chili, il suffisait d'un rire narquois en présentant des papiers en règle, au sortir d'un restaurant à quatre cents francs, et vous vous retrouviez à l'Hôtel-Dieu, avec une fracture des côtes et le nez tordu, sans oublier l'œil gauche, poché, bleui, massacré par le coude impulsif d'un agent de la base.

Suzanne Danton savait tout cela par cœur.

Elle avait remarqué depuis trois semaines un long jeune homme mal vêtu, près de sa banque. Le provoquer, cela ne devait pas être compliqué. Il avait un museau de loup aux abois. Un personnage capable d'assommer un pompiste pour deux cents francs.

Suzanne se résigna à sortir. Avec sa canne, à petits pas, elle avait besoin d'une heure et demie chaque jour pour ramener à son logis les croquettes de poisson surgelé, les pommes de terre épluchées et le quart de baguette. Mais à deux heures de l'après-midi, les commerces étaient encore fermés. Elle repensa au jeune homme à museau de loup, qui l'épiait, elle en était persuadée, lorsqu'elle se rendait à sa banque prendre une liasse d'argent liquide : elle ne s'était jamais habituée à payer par chèques, moins encore à utiliser la carte bleue, que de multiples prospectus la poussaient à demander.

Ce n'était pas de l'argent palpable.

Ce n'était pas de l'argent vrai.

Elle avait déjà mis longtemps pour s'habituer au téléphone. Quand une cousine de Nancy l'appelait, elle parlait plus fort, parce que la cousine était loin. La télévision, c'était le seul miracle moderne qu'elle acceptait.

Suzanne Danton sortit dans la rue. Les voitures roulaient au pas, quand elles roulaient, et Suzanne n'espérait plus se faire écraser. À moins de couper en diagonale, et en dehors des passages cloutés, le dangereux carrefour près du boulevard. Elle s'élança bravement, traînant la patte, mais les chauffards l'évitèrent et une femme de la police lui prit le bras pour l'aider à traverser. Un comble.

Le jeune homme au museau de loup était devant l'agence de la Société générale où Suzanne avait un compte. En clopinant, elle entra dans l'établissement et demanda à l'une des employées du guichet de remplir un chèque — elle n'y voyait plus assez pour écrire lisiblement, disait-elle, en réalité elle n'avait jamais su rédiger un chèque.

— Quelle somme, madame Danton ?

— Six mille.

— Vous avez besoin d'une aussi grosse somme ? Vous savez, ce n'est pas prudent…

— Pffft !

Le jeune homme, derrière elle, remplissait une espèce de bordereau, ou faisait semblant. Elle signa d'une main tremblotante son chèque et se présenta au caissier, qui la connaissait et n'oubliait jamais de la sermonner.

— En billet de cinq cents ? Pour votre loyer, madame Danton ?

— Voilà.

— Pourquoi ne faites-vous pas un chèque à votre propriétaire, comme tout le monde ?

— J'ai l'habitude comme ça.

— Ce n'est pas bien prudent.

— On le dit.

Elle prit les billets, qu'elle plia dans sa poche de manteau, et repartit. Le jeune homme la suivait. Quand elle rentra dans son immeuble, elle le vit, dans la glace de l'ascenseur, puis il approcha, lui tint la porte et monta avec elle.

— Quel étage, monsieur ?

— Quatrième.

— Comme moi. Vous allez chez le dentiste ?

— Oui.

Sur le palier, elle sortit ses clefs. Le jeune homme ne sonna pas chez le dentiste d'en face, et dès qu'elle eut ouvert sa porte, Suzanne Danton se sentit poussée dans le dos. Le jeune homme lui colla une main sur la bouche.

— Tes économies, la vieille ! Tu les ranges où ?

Il la ficela avec un cordon des rideaux, arracha la poche du manteau pour s'emparer des billets de banque et commença à tout remuer dans l'appartement. Puis, selon la mode de l'époque, il étrangla Suzanne Danton avec ses grandes mains.

SIXIÈME MÉTHODE

L'héroïsme con

COMMENT SE TROUVER AU BON MOMENT OÙ IL NE FAUT PAS — LE JEU DU BADAUD INNOCENT — L'ART D'HORRIPILER LES PRENEURS D'OTAGES — SACHEZ DEVENIR UNE VICTIME

Le suicidé pervers doit agir sottement. Par exemple, lorsque des hommes armés et casqués font irruption dans sa boutique, il doit refuser d'ouvrir sa caisse, gesticuler, crier « au voleur ! », ne pas hésiter à défendre l'argent que les malfaiteurs espèrent lui dérober. Il y a fort à parier que le meurtre est au bout de ce comportement idiot, mais si héroïque pour la galerie. Dans le même état d'esprit on préférera visiter les ruines de Beyrouth à celles de Pompéi. Écoutez maintenant l'histoire de Robert Pochon, qui souhaitait finir en beauté.

C'est lui, le petit gros en costume tergal. Il regarde avec gourmandise les voyageurs du vol 312, dans le hall de l'aéroport de Rome-Fiumicino. Il sourit en observant les carabiniers qui arpentent la galerie, pistolet-mitrailleur à l'épaule. Au moindre incident, si ces deux-là se mettent à tirer, Robert Pochon jouera la bavure en restant assis au bar devant son café, multipliant ainsi les chances de se faire mitrailler à bout portant. Mais pas de provocation. Robert Pochon entend se tuer avec science. Depuis trois mois il circule entre Rome et Le Caire, via Athènes, à la recherche d'un détournement tragique.

Sauvé *in extremis* de deux tentatives de suicide (un boulanger courageux l'avait repêché dans la Seine, et la gardienne de son immeuble, sentant une odeur de gaz, le fit sauver par les pompiers), Pochon s'était cru ridicule.

Or donc, notre bonhomme entame son vingt-cinquième voyage sur cette ligne malsaine, entre Rome et l'Égypte, la ligne favorite des terroristes fous. Il a en outre choisi la compagnie aérienne la plus visée et la plus mal protégée. Cela avait demandé un long travail, et des économies patientes : il s'était mis à dévorer *Le Monde* pour mieux suivre les aléas de la politique du Proche-Orient, et saurait le cas échéant prononcer les mots qui le désigneraient comme victime aux yeux des détourneurs.

Pochon vient de passer le contrôle, et il boit un expresso, nous l'avons dit, à la buvette. Ces types, là-bas, sont-ce des Indiens ou des Syriens ? Un monsieur à cheveux blancs, sous le portique, déclenche une sonnerie. On le fouille dans un isoloir. Tant mieux, pendant ce temps, un bon terroriste… Pochon arrête son raisonnement en cours. Le monsieur à cheveux blancs ressort de l'isoloir en souriant. Il doit avoir une pile cardiaque, ou un jeu électronique dans sa poche. Dieu merci, songe notre dépressif, il existe de nos jours des explosifs soviétiques indétectables. Toutefois l'idée d'une explosion lui déplaît : ce type de mort anonyme manque de charme. Un héros doit trépasser en solitaire.

« Les passagers du vol 312 pour Le Caire… »

Ça y est.

Pochon se lève, empoigne son sac et se dirige vers la porte 34. Parmi les dizaines de passagers, une foule de musulmans : en cas de malheur, ce seront les premiers libérés. Avec sa mine d'Occidental gras, Pochon continue à mesurer ses chances. Le rêve, pour lui, ce serait de posséder un passeport de juif américain, mais il n'a pas trouvé la filière pour s'en procurer un. Peu importe. Un passeport français, en période de tension, ce n'est pas si mal non plus, quoique les gouvernements, à Paris, choisissent par tradition la prudence.

Dans l'appareil, Pochon ferme les yeux.

Quand il les rouvre, son rêve se réalise.

Un Libanais qui ressemble à Omar Sharif en plus mince tient une hôtesse par le bras. L'hôtesse serre les lèvres et respire trop vite. Dans la travée de gauche, sortant de la petite cabine où l'on range les plateaux-repas sur les tables roulantes, un autre malabar tend une grenade dégoupillée au-dessus des passagers pétrifiés. Deux autres les suivent, avec des pistolets et des coutelas effilés, qui braillent des ordres incompréhensibles dans leur patois. L'un des voyageurs se lève et se propose comme traducteur. Il bafouille un peu, mais lui au moins, on le comprend. Il dit en anglais :

— On est détourné sur Alger... Ces messieurs appartiennent à une milice, les *Vengeurs du Prophète*, ils réclament la libération de deux des leurs, emprisonnés à Paris...

— Paris ? Chouette ! s'écrie Pochon.

Cette interruption surprend les terroristes qui houspillent le traducteur. Celui-ci se tourne vers Pochon :

— Ils demandent ce que vous avez dit.

— En anglais ?

— Je leur dis quoi ?

— Que nous autres, en France, on ne transige pas avec des bouchers ! Et qu'Allah est une salope.

— Je dis ça ?

Le traducteur traduit. Sans doute de travers, car les pirates ne se soucient plus de Pochon.

— Nous ne nous poserons pas à Alger, dit le traducteur quelques instants plus tard. Nous retournons à Rome.

Une femme trépigne, son voisin tente de la calmer, un pirate s'approche d'elle et lui assène un coup de crosse sur l'occiput.

L'avion se pose à Fiumicino, en bout de piste, et par le hublot Pochon distingue des cars de policiers qui se disposent devant les bâtiments et les hangars. Les négociations risquent de durer. Pas un mot. Les passagers n'osent même pas se regarder entre eux.

« Laissez-moi sortir ! » se met à hurler un homme d'affaires italien qui espérait vendre des Fiat à Alexandrie.

Pochon observe en ethnologue le comportement des pirates de l'air. S'ils embarquent le bonhomme, Pochon va l'imiter, simuler une crise de nerfs. Mais les pirates se contentent de secouer l'une des hôtesses en lui crachant au visage des mots qu'on devine méchants. Le traducteur, verdâtre, traduit une nouvelle fois, et l'hôtesse, mâchoire serrée, raisonne l'homme d'affaires italien qui fond en larmes.

Deuxième heure d'angoisse. Les bandits fanfaronnent encore. Mieux vaut patienter jusqu'au moment où les négociations vont s'enliser.

— Le commando *Vengeurs du Prophète* demande s'il y a des Américains à bord, dit le traducteur.

— C'est bien ma veine ! soupire Pochon.

— Vous êtes américain ?

— Non, hélas.

— Juif ?

— Hélas non !

— Ils me disent : que les passagers donnent leurs passeports. L'hôtesse va les ramasser.

Chacun tend son passeport. L'un des bandits, à côté du traducteur, épluche les documents, l'arme au poing, et regarde sous le nez les passagers qu'il va considérer comme suspects, ou meilleure monnaie d'échange. Voici l'heure décisive du grand tri. Les voyageurs d'origine arabe seront dirigés à l'avant de la cabine, les autres resteront à l'arrière. Pochon doit logiquement emporter cette première manche, avec sa mine, son nom, son comportement agaçant. Homme, occidental et français de surcroît, il est assuré de demeurer dans le groupe menacé des derniers otages, s'il y a des libérations partielles. À moins que des forces spéciales n'attaquent l'avion : parfois les passagers en panique y laissent leur peau — cela s'est vu en Égypte et en Grèce. Mais cette solution expéditive dépend des autorités romaines, lesquelles aiment tergiverser, tourner autour du pot, et se déculotter à l'occasion pour éviter les tracas.

Attendons.

Les voyageurs, menacés par les pirates, changent de place avec obéissance et en bon ordre, sauf Pochon qui rouspète.

— Mademoiselle ! crie notre suicidaire à l'hôtesse aux yeux pleins de larmes, donnez-moi donc un jus d'orange !

— Soyez raisonnable, monsieur…

Et le traducteur traduit, de plus en plus décomposé par la peur. Le pirate au pistolet s'approche bientôt de Pochon, un gobelet de jus de fruits à la main, et le lui jette à la figure.

— C'est malin ! Pauvre idiot !

— Il dit : j'ai eu tort, traduit l'interprète qui veut arranger la situation.

Troisième heure.

Une hôtesse a essayé de s'enfuir en actionnant l'un des toboggans de secours, les pirates l'ont saisie par les cheveux et rouée de coups. Voilà le moment idéal pour montrer de l'héroïsme, pense Robert Pochon, qui se lève, mais d'une bourrade le steward exaspéré le cloue sur son siège.

Quatrième heure.

Les terroristes deviennent nerveux.

Cinquième heure.

L'une des portes de l'avion s'ouvre. Une voiture de service roule sur la piste. Quoi ! Le gouvernement italien aurait cédé ? Ils vont être libérés ? Ah non ! Ce serait trop bête ! Mais rien ne se passe.

Sixième heure.

— Les négociations piétinent, explique le traducteur. Les gouvernements européens refusent de céder.

— Tant mieux, marmonne notre Pochon.

Si seulement il y avait un moyen de se ruer contre le Libanais au flingot, Pochon serait déjà mort, transpercé par une heureuse rafale, mais avant de l'atteindre, le steward ou son voisin aux mains moites l'auraient sauvé malgré lui de la colère légitime du commando. Enfin, tout n'est pas manqué : il a su se faire remarquer. Les autres voyageurs somnolent, suent, tremblent, se résignent ou prient. Pochon râle.

À la septième heure de captivité, appuyé sur le dossier d'un siège, d'une voix balbutiante, le traducteur annonce :

— Ils... ils ont prévenu que, si l'avion ne décollait pas pour Beyrouth, et si... si leurs camarades n'étaient pas libérés, ils tueraient deux otages tous les quarts d'heure...

— Bravo ! Bravissimo ! s'exclame Pochon.

Le crispant personnage est enfin soulevé sans ménagement de son siège et conduit seul dans la travée centrale, vers le nez de l'appareil. Ça y est. Ils vont l'abattre. Pochon est aux anges. Il s'imagine au bord du vide, devant la porte ouverte du Boeing, aux côtés d'un pirate menaçant. Les téléobjectifs seront braqués sur lui et sa photo, un peu floue mais dramatique, fera le tour du monde. Il sourit, il prend un air dégagé. Il espère cette décharge dans la tempe qui va le sauver, il se voit déjà basculer sur le ciment de la piste parmi les cris d'effroi.

Mais non.

Pochon, au milieu des passagers d'origine moyen-orientale, est poussé vers une passerelle mystérieusement revenue contre l'avion. Il doit descendre, et comment résister au flot des passagers libérés qui se ruent en courant vers le salut. Dans la bousculade, il se tord une cheville, alors, solidarité oblige, ses compagnons le portent jusqu'à l'ambulance qui attend en bout de piste.

— Pas d'inquiétude, mon vieux, c'est une petite foulure…

Et le médecin lui sourit comme à un rescapé. Odieuse impression ! Mais que pouvait-il faire de plus ? Fallait-il injurier Allah, porter sur soi une côtelette de porc pour la lancer au visage des zélateurs du Prophète ? Tant de temps, tant d'argent gâché, et maintenant, la chance d'un nouveau détournement allait-elle se présenter aussi facilement ? Pochon a envie de griffer le docteur qui lui a bandé la cheville, trop tard, il est parti examiner les autres otages qui respirent. Et Pochon se languit, dans une salle d'attente vide, protégé des journalistes et de la foule des curieux que les catastrophes attirent. Assis sur une banquette de moleskine, il médite devant les bacs de fougère jaunie qui décorent la triste pièce.

Par la baie vitrée, il distingue bien le Boeing détourné. Un corps vient de s'écraser sur la piste. Il rage. Il essaie de se lever, mais ouch ! sa cheville ne le porte plus et il retombe sur son siège. Une jolie dame en costume d'hôtesse vient le chercher avec une chaise roulante. La honte. Elle l'emmène dans le grand hall, discrètement. Personne ne peut se douter qu'il s'agit d'un passager du Boeing fatal. Personne. Et là, en passant devant le stand très surveillé d'Alitalia, une bombe explose. Pochon vole en mille morceaux, avec d'autres, plus innocents que lui. On retrouvera une de ses chaussures au comptoir des tabacs et liqueurs hors taxes, et son avant-bras collé contre un mur de la cafétéria.

L'attentat est revendiqué le soir même par l'AASCLL, l'Armée antisyrienne christique du Liban libre.

SEPTIÈME MÉTHODE

La médecine m'assassine

DÉSAVANTAGES DES MALADIES CONTAGIEUSES — LE CHANT DU SIDA, MODERNE FOSSOYEUR — CHOISIR UN HÔPITAL À RISQUES — LES INTERNES DES JOURS FÉRIÉS

L'embêtant, avec les maladies infectieuses, c'est qu'elles sont lentes à tuer. Pneumonie, tuberculose ou hépatite ne viennent pas vous visiter par miracle : on doit être fort pour les choper volontairement. Et quelle garantie a-t-on d'en mourir, si par hasard on est bien soigné ? Werner avait sa fierté. Crever d'une façon moderne, il y songeait. On parlait du SIDA, et, quoique n'ayant pas la moindre envie de fréquenter des homosexuels, lui, le docker de Hambourg, il résolut d'aller boire un verre au *Bidou*. L'éclairage était feutré, comme le signalent certains plumitifs pour indiquer qu'on n'y voyait rien, mais Werner réussit dans la pénombre à atteindre le bar où un serveur, torse nu dans un gilet de cuir, lui demanda ce qu'il voulait. Un gin.

Les yeux de Werner s'accoutumaient à la pénombre, il voyait défiler devant lui des couples d'hommes. La musique était assommante, mais Werner, en haussant la voix, interrogea le barman.

— Y viennent tous en couples, dans ta boîte ?

— Exact.

— Pas terrible, pour les rencontres.

— C'est pas le moment d'embrasser des gens qu'on ne connaît pas.

L'Allemagne était sous le choc. Douze millions de lecteurs avaient frémi en lisant un article du *Bild* sur le SIDA. Et le porte-parole des sociaux-démocrates demandait que le Bundestag analyse ce nouveau fléau. Dans les boîtes comme le *Bidou*, on ne tripotait plus que les amis. On se méfiait de l'étranger. Cependant, un blondinet qui ne ressemblait pas à Rock Hudson aborda Werner et lui posa la main sur la cuisse. Werner lui retourna une taloche et le traita de lopette.

« Faut savoir ce que tu veux ! » glapit le blondinet.

Il n'avait pas tort, mais Werner s'aperçut que le SIDA était un genre difficile. Il espérait une mort plus sûre et plus rapide. Et il se promena dans la nuit en chantonnant sur un air de Kurt Weill :

Sida-venture
mon beau virus
je te capture
dans l'autobus

près d'un Arthur
qui gratt' ses puces…

Au terme de sa réflexion, il se rendit compte que la médecine n'était pas infaillible. Ici un chirurgien alcoolique oubliait son scalpel dans le ventre d'une opérée. Là un anesthésiste sortait de son service entre deux gendarmes pour avoir confondu le protoxyde d'azote avec l'oxygène. Là encore, pour avoir oublié de surveiller une jeune fille opérée de l'appendicite, deux toubibs et un infirmier avaient été inculpés d'homicide. Et Marcelle T., morte d'une hémorragie nasale non soignée, dans sa chambre d'hôpital. La famille avait accusé : « C'était Pâques, on ne s'est pas occupé d'elle ! »

L'idée de Werner était simple : avoir un accident sans trop de gravité aux abords d'un hôpital minable, et, pour accentuer le propos, un jour férié. Il attendit la nuit de Noël pour déraper en vélo sur une plaque de verglas.

Les premiers secours. La civière. Le car. Werner avait une entaille au front et saignait. Étendu sur le sol du car de police, il tenait son mouchoir comme un pansement.

— Tu parles d'un joyeux Noël ! pestait l'un des flics dont Werner ne voyait que les croquenots.

— Dans une heure j'ai fini, disait un autre. Et les huîtres, plein la lampe que je m'en mets !

Ils arrivèrent enfin devant l'hôpital tocard que Werner avait sélectionné pour la nonchalance de son personnel et la vétusté de l'équipement. Une bâtisse de briques sales aux allures de caserne. Les microbes devaient y circuler plus librement que les malades, et la cantine avait déjà subi deux contrôles sanitaires désastreux. Si vous rentriez là-dedans avec un bobo au mollet, vous étiez certains de vous en tirer avec une bonne gangrène, au mieux avec une jambe de bois et des béquilles. Pensant en ces termes, Werner exagérait à peine.

Le hall d'entrée provoquait le frisson.

Le linoléum gondolé, l'infirmière souillon qui assurait la garde de nuit en se fourrant les doigts dans le nez, Werner sut qu'il avait gagné : il ne ressortirait pas vivant de l'endroit.

— On vous apporte un p'tit pensionnaire ! plaisanta l'un des policiers en posant le brancard de Werner sur le sol rarement lavé.

— Il a quoi ?

— Cassé la gueule en vélo.

— Faut être barge pour rouler en vélo cette nuit !

— Et il s'est ramassé un gadin.

— Grave ?

— Suis de la police, moi, j'y connais pas grand-chose en traumatisses crâniens.

— *Traumatismes.*

— Ma jolie, on te laisse ce client. Tu passes le registre, qu'on signe.

Pendant ce temps, Werner avait mal au crâne,

et son mouchoir humide de sang lui poissait la main, la joue et la manche. L'infirmière de garde attendit le départ de police secours pour lui demander son numéro de Sécurité sociale. Il ne le savait pas par cœur. Il connaissait le numéro de son compte en banque, huit chiffres, son numéro de téléphone, huit chiffres, le code de son immeuble, une lettre et quatre chiffres, mais pas son numéro de Sécurité sociale. Il se fit presque engueuler, si mal en point fût-il.

— Toujours pareil ! grommelait l'infirmière. Et pour qui les complications ? Pour moi ! *(À Werner :)* Bougez pas, je vais voir qui est de garde…

Bouger, il ne pouvait pas. Outre sa plaie au front, il sentait ses jambes s'engourdir et avait des élancements dans le côté gauche de l'abdomen.

— Il arrive, dit l'infirmière sans même le regarder, pour répondre au téléphone.

Tout à coup, un bruit de sirènes, un car qui freine et patine devant l'hôpital. Une ambulance, cette fois, qui amenait un autre blessé, qu'on posa provisoirement à côté de Werner, et dont l'état paraissait encore plus inquiétant : il grognait de douleur.

— Transfusion, et que ça saute ! dit un des brancardiers.

— C'est quoi ?

— Il est passé sous un bus.

— Mais y peuvent pas rester chez eux, ce soir ! dit l'infirmière.

— C'est Renaud qui assure la permanence ?

— Il arrive, il arrive.

Les brancardiers posèrent le nouveau blessé sur une table roulante et l'emmenèrent à fond de train dans les couloirs, en zigzaguant. La table heurtait les portes battantes et le blessé criait à chaque heurt.

Plus tard un homme entra, la figure en sang.

— Allons bon ! dit l'infirmière. Qu'est-ce que vous avez reçu sur le crâne ?

— Voilà, j'étais en famille, à table, on en était au dessert, et puis à minuit on a éteint pour s'embrasser tous dans le noir, avant l'arrivée du gâteau, parce que c'est l'anniversaire de Ginette, et soudain j'ai pris un coup de poing.

— De qui ?

— J'en sais rien, je vous dis qu'on avait éteint les lumières.

— Asseyez-vous. Ça va pas être long.

L'infirmière revint à ses mots croisés.

Werner attendit encore une heure, peut-être moins, mais le temps lui parut long, étendu sur sa civière, avec cette douleur diffuse qui gagnait ses jambes et ses flancs. Il en profita pour évoquer sa vie en images brèves, et ce ne fut pas une gloire : des études tôt interrompues, un mariage hâtif avec Martha, qu'il avait engrossée par maladresse, un soir de saoulerie à la bière, la naissance du bébé mongolien, les disputes incessantes : à qui la faute ? Le divorce rapide, les amis qui finissent par vous tourner le dos à cause de vos colères immaîtrisées, subites, et les gueules de bois du petit matin, la langue comme du coton, la sensation d'être une lavette. Le travail, parlons-en ! Rien d'affriolant. Charger, décharger des cargos dans le port de Hambourg ou dans celui de Boulogne. Des grues, des quais, des pontons, l'eau moisie, le goudron, les claques dans le dos et les beuveries pour oublier l'ensemble. À quoi bon.

Même dans les bordels les plus crados, les marins avaient la priorité.

— C'est c'ui-là ?

— Le type au vélo, oui, répondit l'infirmière.

Deux brancardiers aux blouses douteuses emportèrent notre héros, comme on charrie des cageots à Rungis. Werner sentait une douce torpeur s'emparer de sa cervelle en ébullition, il avait chaud, il avait froid, il bafouillait et bavait en écoutant ses brancardiers parler de lui comme d'un objet à jeter :

— C'est le dernier, moi, après je me tire !

— Fais pas ça, disait l'autre, on est relevés dans vingt minutes. Des fois qu'y ait encore un connard d'accidenté, tu crois que j'vais porter l'brancard tout seul ?

— Tu l'fous sur une table roulante. J'l'ai bien fait, tout à l'heure, quand t'es allé pisser !

— T'avais qu'à m'attendre !

— Et le mec nous claquait dans les doigts.

— C'était le 23 ?

— Ouais.

— Eh ben l'est claqué. Alors tu vois…

On posa Werner sur un lit et on s'en alla en poursuivant une passionnante discussion sur le football. Werner tourna la tête à gauche et à droite. Il n'était pas seul. Trois autres moribonds attendaient l'interne qui les examinerait ou signerait la feuille de départ pour une chambre froide. Le voisin de Werner, un vieillard tout en os, avait la bouche ouverte comme un merlan, on entendait *glop, glop, glop*, et sa pomme d'Adam remuait dans son cou, ronde comme une bille de loto. Des tuyaux lui sortaient des bras, du nez, de dessous les draps humides de fièvre. Pas de bruits, sinon des plaintes espacées. Les infirmiers devaient boire une Kronenbourg dans leur salle de garde, l'interne de permanence devait se dépêcher de lit en lit, pensez donc, la nuit de Noël, il devait songer à sa femme, à ses bambins, le bougre, et bâcler son travail — rafistoler un blessé et piquer la veine bleue d'un autre, pour qu'ils arrêtent de gémir jusqu'à l'arrivée, demain, du grand professeur (à l'heure présente en train de se gaver d'oursins et d'huîtres).

Avec difficulté, malgré ses douleurs, Werner se dressa et alla vérifier si le couloir était bien désert. Oui. Il rejoignit le lit de son voisin, un veinard qui n'en avait plus pour longtemps. *Glop, glop, glop*, faisait-il toujours, avec un mouvement de succion.

Quoi ? Alerte ! Des pas se rapprochaient dans

le couloir, le grincement caractéristique des semelles de crêpe sur le lino. Werner se recoucha à la hâte, accrochant au passage les feuilles de soins fixées au pied des lits. La sienne et celle de son voisin tombèrent au sol. On entendit battre des portes. De plus en plus près. L'infirmière, une dame ennuyée avec des bajoues et une verrue sous le nez, s'aperçut du désordre dans la chambre de Werner, ramassa les feuilles de soins et les remit à leur place, croyait-elle.

L'ange de la destruction, qui s'accorde toujours au mieux avec le je-m'en-foutisme, avait guidé la main de la soignante endormie. L'erreur médicale guettait Werner. Celui-ci mourut sans s'en apercevoir, le 25 décembre au matin, lorsqu'un médecin lui injecta dans le gras des fesses un produit destiné à son voisin, hébété, qui continua un jour ou deux à chercher désespérément de l'air, *glop, glop, glop*.

HUITIÈME MÉTHODE

Les métiers à risques

LES SALAIRES DE LA PEUR — UN ÉVENTAIL DES CARRIÈRES EMPOISONNÉES — CHAQUE ÉPOQUE POSSÈDE SES TROMPE-LA-MORT — COMMENT SE TUER EN AMUSANT LA GALERIE

Fermez ce livre. Non ! Ne le rangez pas, laissez-moi achever ma phrase : fermez-le quelques instants et dévisagez la couverture[1]. Je dis bien : dévisagez. Cette image qui vous a retenu tout à l'heure chez le marchand, elle est plus complexe que vous ne le pensez. On y voit deux acrobates déments qui se livrent à un exercice de voltige aérienne. Le premier est debout sur l'aile du triste coucou, le second prend l'axe des roues pour un trapèze. Regardez plus en détail. Notez qu'aucun filin ne les retient à l'appareil, qu'ils

1. Patrick Rambaud fait référence au dessin de Marc Taraskoff, en couverture de l'édition originale parue aux Éditions de La Table Ronde en 1986.

portent des bottes à semelles de cuir (qui glissent), et qu'il n'y a plus aucun pilote aux commandes. Sur le Champ-de-Mars, une poignée de curieux, mains dans les poches et nez en l'air, considèrent mollement ces acrobaties redoutables. Les deux aviateurs ne seront pas sauvés par le port du casque, car, n'en doutons pas, ils vont s'écraser contre la Tour Eiffel, à moins qu'ils ne lâchent prise avant d'avoir pu regagner leurs sièges.

Sans contredit, ces deux crétins auront une plaque pour commémorer leur exploit dans les locaux du club, voire leurs bustes : *À nos amis Douglas et Marty, as de la voltige*. Une mort navrante, n'est-ce pas ?

Mieux encore que le simple sportif, dont nous avons déjà évoqué le cas, un cascadeur côtoie la mort par profession. Aujourd'hui, des risques similaires s'attachent à des métiers naguère plus calmes : bijoutier, convoyeur de fonds, colleur d'affiches électorales… Sans omettre les délices de qui parvient à décrocher l'emploi de juge d'instruction à Palerme. Malheureusement, mille précautions entourent ces occupations. Et le cambrioleur assoiffé de votre sang ne viendra pas toujours rançonner votre bijouterie. Les gros bras du service d'ordre adverse ne se présenteront pas à coup sûr pour vous casser la tête, la nuit où vous collez sur des palissades la trombine de votre souriant candidat aux législatives.

Mieux vaut songer aux trapézistes, qui tiennent

leur vie entre leurs mains, et qu'on ne soupçonnera jamais d'avoir sauté exprès en dehors du filet protecteur. Nombre de petits boulots, dans l'univers du spectacle, offrent des occasions de quitter la vie en amusant le parterre.

Voici la tragédie de Benito et de Graziella.

Sur scène, ils se faisaient appeler *les Diabolicos*, mais il fallait voir les scènes sur lesquelles ils se produisaient : cabarets désastreux, casinos en fin de parcours, bals costumés et goûters d'enfants...

Ils couraient le cachet, avec ce lourd matériel de magicien qu'il fallait démonter, ranger, transbahuter puis remonter. Et les nuits sur des mauvaises routes, et les fins de nuits dans des auberges à trois sous, à chasser la puce et le cafard. À San Giglio della Monte, ils allaient rester trois soirées. Par économie, ils avaient obtenu du directeur de dormir dans la loge du casino. Pour surveiller le matériel, avaient-ils prétexté. L'autre avait cédé. La loge. Une cabine de plage, oui, avec une table pour se maquiller devant un miroir, une lampe, un grand fauteuil et une chaise qu'ils avaient ingénieusement aménagés en lit.

À l'issue de la première représentation, *les Diabolicos* s'étaient mis en civil pour grignoter un hot-dog dans l'un de ces caboulots à ciel ouvert qui encerclent les plages italiennes. Le manteau de Benito sentait en permanence la friture : Graziella détestait Fellini, qui se moquait des artistes manqués, des cachetonneux, en feignant d'attendrir un large public sur leurs existences précaires. Leur peau se craquelait sous les pommades et les fards, ils avaient fini par ressembler à des figures de cire. À quarante ans, Graziella possédait encore le sein ferme et la taille fine, mais le jour où elle grossirait ce serait la fin du voyage. On ne produit pas une grosse doudoune en maillot lamé, même pour distraire. Ou bien c'est la baraque de foire.

Graziella se posait de plus en plus souvent la question angoissante de leur avenir. Ils n'avaient pas d'avenir, voilà la réponse. Quand ils ne seraient plus capables d'assurer leur numéro, qui vieillissait avec eux, que deviendraient-ils ? Pas de congés payés, pas de retraite pour les saltimbanques, pas de sécurité, pas de paix. Ici on ne voulait plus d'eux : l'an passé ils n'avaient pas su remplir la salle des fêtes. Ailleurs on leur demandait une démonstration avant de signer un contrat : comme des débutants, ils devaient prouver leur valeur. Eux ! Les vieux routiers de la magie ! Eux ! Il y a plus de vingt ans, à leurs débuts, ils ne connaissaient qu'une joie : apporter le mystère partout où ils passaient. Ce mystère était devenu une routine. Des magiciens plus audacieux avaient inventé des tours éblouissants : on les réclamait au Lido de Paris, à Las Vegas, dans les cabarets huppés.

Ce n'était pas le genre des *Diabolicos*.

Leur numéro ?

Râpé jusqu'à la corde.

Ils commençaient par un vieux tour de Will Goldston. L'adaptation d'un tour bien plus ancien de Harry Houdini, le grand Houdini, et de David Devant, la vedette incontestée, la star qui méritait l'*Albert Hall* de Londres. Graziella apparaissait sur une plaque de verre.

Dès que le rideau s'ouvrait, une fumée se répandait sur la scène. Elles coûtaient cher, ces boîtes à fumée, et elles prenaient de la place dans la camionnette, car il en fallait de sacrées provisions. Benito, en costume de diable, chapeau à cornes, collants rouges et cape noire en forme d'ailes de chauve-souris, bondissait dans la fumée. Il déroulait un tapis, sur lequel il posait deux chaises, dos à dos, éloignées d'environ un mètre l'une de l'autre. Il montrait ensuite une plaque de verre qu'il fixait comme un tablier de pont entre les deux chaises. Il dégrafait sa cape, en recouvrait l'ensemble et, après des passes magiques qui prêtaient à rire, saisissait un pan de sa cape et découvrait Graziella, assise en tailleur sur la plaque de verre.

Du verre Securit.

La fumée était nécessaire aux contorsions de Graziella, qui devait atteindre la plaque au bon moment. Avec l'âge, elle manquait de souplesse, deux ou trois fois ils avaient été chassés de scène sous les quolibets.

Sinon, le numéro se poursuivait en ronronnant.

Benito cueillait en l'air des fleurs en plumes et confectionnait des couronnes mortuaires, cerceaux qui servaient à un numéro de catalepsie assez classique. Benito était fier du fond sonore, une vieille bande de Wagner pour souligner les effets. Venait ensuite la boule voyageuse, et pour finir, le clou du spectacle, la guillotine.

Graziella, qui, jusque-là, se contentait de passer à Benito les accessoires, devenait l'héroïne. La guillotine ressemblait à une guillotine. Dans la salle, les gens étaient censés frémir. Benito cueillait en l'air une carotte, ou un concombre, selon la saison et l'endroit, puis un spectateur montait sur la scène, mi-tremblant mi-rigolard, en remontant son pantalon et en clignant de l'œil à ses amis. Le magicien plaçait le légume condamné dans la lunette de l'engin mortifère et clac ! Le couperet tombait et sectionnait. On demandait au spectateur, pour le gag, de passer son cou dans la lunette, après le légume, mais il regagnait bien vite sa place. Alors Graziella servait de cobaye. Elle passait la tête dans l'ignoble appareil. Le couperet lui traversait le cou, c'était visible même des balcons, mais sans dommage, car elle se relevait, une fois dégagée, et saluait.

Cette guillotine, construite selon le procédé mis au point par le magicien Dickmann, ressemblait à ceci :

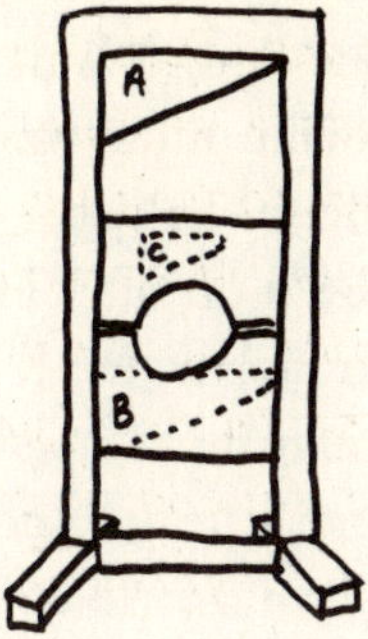

La guillotine était composée d'un montant de bois et de deux lames de cinq kilos (A et B). Le premier couperet (A) restait apparent, en haut du châssis. Le second se dissimulait dans le panneau inférieur de la lunette. Quant à la petite lame (C), plus légère, elle demeurait invisible dans le panneau supérieur.

Benito plaçait un légume dans la lunette.

Il actionnait le mécanisme.

La lame supérieure, en tombant, poussait la petite lame (C) qui tranchait concombre, navet, patate ou carotte. Et le couperet (A) se bloquait dans le panneau supérieur de la lunette, retenu par une garde d'acier. Lorsque la petite lame débitait le légume, en tombant, elle entraînait à son tour le couperet inférieur (B) qui arrêtait sa course au pied des montants de bois. On avait l'illusion qu'une seule lame traversait l'appareil de haut en bas.

Graziella, lorsque Benito avait remonté les deux lames dans un même mouvement, mettait alors sa tête dans la lunette. La petite lame (C), dans le panneau inférieur, n'offrait plus de danger, car elle était coupante, la vache ! Il suffisait à Benito d'actionner à nouveau la machine. La lame A s'abattait dans le panneau supérieur, maintenue par la barre d'acier avant le cou de l'infortunée, mais entraînait dans sa chute celle de la lame B, qui tombait vers le sol. On avait l'impression saisissante que le couperet traversait le cou de Graziella.

À ce moment les spectateurs terrifiés applaudissaient.

Quand les gens ont eu peur, même s'ils savent qu'il y a un truc, ils battent des mains et l'artiste salue.

Tout cela tournait et retournait dans la tête de Graziella, qui n'arrivait pas à dormir, dans le campement improvisé au casino de San Giglio. Benito ronflait. Elle se leva, sortit vers les coulisses où ils avaient entreposé leur matériel. Elle souleva la bâche qui protégeait la guillotine de la poussière et s'interrogea. Il n'y avait même pas de vigile pour l'entendre trafiquer l'appareil, mais le bruit du tournevis, Dieu qu'il résonnait, dans ce théâtre désert.

Graziella se recoucha pour une dernière nuit terrestre. Au matin, elle ne savait plus si elle avait somnolé ou non, sans doute, car elle se sentait reposée. Jusqu'au soir elle n'ouvrit pas la bouche et Benito ne lui demanda rien. Ils avaient l'habitude de se taire puisqu'ils n'avaient plus rien à se dire.

Trente personnes dans la salle. Les autres arriveraient après l'entracte pour écouter le chanteur, une vedette qui roucoulait des slows. Graziella apparut sur sa plaque de verre, Benito cueillait en souriant les fleurs dissimulées dans ses manches et sous son gilet. Vint le moment fatal. La guillotine sectionna une courgette, avant le cou de Graziella. La tête tomba. Le sang coula. Les spectateurs applaudirent, croyant à un truc. Benito s'évanouit et le rideau tomba. Un comique, précipité au-devant de la scène pour que le public ne se doute de rien, raconta des sornettes, et derrière, des femmes de ménage avec des serpillières épongeaient la flaque de sang qui menaçait de s'étendre jusqu'à la rampe.

NEUVIÈME MÉTHODE

Les objets méchants

MILLE INSTRUMENTS DE MORT
SONT À PORTÉE DE NOTRE MAIN —
COMMENT SE TUER AVEC UN ASCENSEUR,
UN COUTEAU À DÉCOUPER OU UNE LAMPE
DE CHEVET — FUITES DE GAZ
ET ÉLECTROCUTION

Faites le tour de votre appartement et dénombrez les objets de mort qui s'y cachent. Ils ont l'air anodins, mais ne vous y fiez pas, le monde moderne est riche en instruments redoutables. Nous ne disserterons pas sur l'automobile : chacune d'entre elles est un évident cercueil à roulettes. Restons à un niveau plus domestique. Accrocher du linge à sa fenêtre, en se penchant, voilà une occasion inespérée de truquer son suicide : si vous basculez, l'accident ne fera de doute pour personne. Les ascenseurs et le courant électrique fournissent quotidiennement leur lot de disparitions tragiques : celui-ci prend une décharge mortelle en accordant sa guitare, cet autre en installant son antenne de cibiste à côté d'une ligne à haute tension. Mais avez-vous songé à votre cuisine, remplie d'objets qui brûlent, qui coupent, qui hachent et qui intoxiquent ? Une bougie, une pauvre et inoffensive bougie mal placée peut allumer un incendie et vous carboniser.

Vous pouvez cependant préférer une mise en scène mieux élaborée. Choisir votre heure, rendre votre fin plus atroce, frapper les imaginations de vos voisins. Devenir en un mot l'exemple type de l'imprudence due à la misère. La misère ayant une force en soi, qui permet d'accuser la société, cette dernière sera rendue responsable de votre fin. Éclairons cette démonstration un peu abstraite.

Cela commence avec banalité, par une famille désunie, vivier de pensées immondes, de vengeances rentrées et de cauchemars vécus. Un grand-père subclaquant qui empoisonne son infirmière et sa descendance par des exigences permanentes, un père et une mère, Yvon et Jeanine Bidouche, affublés d'un rejeton mal vu par l'instituteur. Mettons-les ensemble dans un pavillon d'Asnières, concédons-leur un bout de jardin, à proximité d'une voie ferrée ou d'une route bruyante et fréquentée.

— Monsieur Bidouche ! Monsieur Bidouche !

L'infirmière épouvantée dégringole l'escalier de l'étage. Les Bidouche boivent leur Nescafé matinal et le gamin reçoit une tape parce qu'il va encore être en retard à l'école.

— Monsieur Bidouche ! dit l'infirmière qui se décompose, ça y est, il a passé.

Traduction : le grand-père a rendu l'âme.

« Enfin ! » pense Yvon Bidouche.

« Pauvre papa, mais comme il était devenu emmerdant », pense Jeanine Bidouche.

« Chic, pense le petiot, je ne vais pas aller en classe. »

Cette bonne nouvelle va causer des embarras. Les pompes funèbres vont rappliquer avec leurs catalogues, le médecin à payer, l'infirmière à congédier — qu'Yvon Bidouche n'enlacera plus dans le couloir…

Ces formalités réglées, les condoléances du voisinage subies, avec le sourire crispé de ceux qui ont reçu un rude coup du sort, il convient de veiller la dépouille.

On range les chaises autour du lit et on soupire, non de regret mais d'ennui. Le gamin va enfin avoir sa chambre, il ne pouvait pas installer son train électrique dans la soupente, et il combine des trajets sous la commode et sous le lit, des tunnels, il voit la locomotive franchir la carpette transformée en plaine, et là, un passage à niveau, avant la gare qu'il montera devant le guéridon.

Un neveu, averti par télégramme, croise les bras, adossé à un mur. Il s'approche de Jeanine et chuchote quelque chose avant de quitter la pièce mortuaire.

— Qu'est-ce qu'y voulait ? dit Yvon.

— Monter le chauffage, répond Jeanine.

— On va s'en aller bientôt ? demande le gamin, qui se fait derechef gronder.

La police, alertée par une voisine, trouvera les corps de la famille Bidouche quarante-huit heures plus tard. Ils avaient été intoxiqués par des émanations d'oxyde de carbone. La chaudière fonctionnait au charbon et la cuisinière itou. L'accident parut probable, mais nous, qui flairons le mal, nous savons que l'un des membres de la famille Bidouche a calfeutré les fenêtres pour rendre ces émanations mortelles. Qui ?

DIXIÈME MÉTHODE

Les sales bêtes

NOS ENNEMIS LES CHIENS — ANIMALITÉ CHÉRIE — SAUVAGES OU DOMESTIQUES, ILS ONT DES CROCS — MÉPRISONS LE GOUJON ET VÉNÉRONS LA HYÈNE

J'avais deux ans. J'ai tendu la main, avec l'innocence que l'on suppose, pour caresser un affreux pékinois. Il m'a mordu. Depuis, je me méfie de qui porte un museau et quatre pattes : je m'en protège autant que des humains. Non contents de polluer nos trottoirs ou de menacer en rase campagne le paisible randonneur, les chiens prennent plaisir à attaquer les gens qu'ils ne connaissent pas. Accidents en foule. J'en ai un sous les yeux, au moment où j'entame ce chapitre bestial : une petite fille de sept ans a été sérieusement mordue par deux bergers allemands. C'était dans le Val-d'Oise, en mai 1985. La petite rentrait de l'école. Elle croise deux clébards tenus en laisse. Miam ! De la chair tendre ! Les chiens sautent sur la fillette et s'acharnent. La propriétaire est incapable de retenir ses molosses, elle se couche sur la fillette pour la protéger, un agent de police voit la scène, tire en l'air pour effrayer les bêtes, on les enferme dans un garage et en route pour l'hôpital.

Encore ?

Le jeune Guillaume B. s'apprête à monter dans la voiture de son père, médecin, près de Grenoble. Deux chiens de traîneau l'en empêchent : ils bondissent et lui sautent à la gorge.

Ces exemples parmi tant d'autres prouvent à l'envi que les animaux domestiques peuvent s'avérer redoutables. On s'emploiera donc à les taquiner, s'ils aboient en reculant, et on tendra la gorge, le point le plus vulnérable. En rendant votre dernier soupir, ami égorgé, vous aurez la satisfaction de savoir que, dans le meilleur des cas, l'agresseur sera abattu et son maître condamné. Pour plus de sûreté, on aura recours aux animaux sauvages. Nul besoin de s'égarer dans la jungle birmane en appelant le serpent, un zoo fera l'affaire. Robin Silverman, une jolie gardienne du zoo de Bronx, à New York, eut la chic idée d'entrer sans raison dans la cage de deux tigresses de Sibérie. Les fauves en ont fait leur repas.

Écoutez maintenant l'histoire du peintre et du gorille.

Étienne Rondelet était un peintre réaliste qui avait connu le succès. Cette année-là il passait ses vacances sur la Costa Brava, avec sa fille et sa femme. Au début de sa carrière, il affectionnait les plages : elles lui avaient apporté la notoriété dans le milieu assez clos des galeries parisiennes. Il représentait les baigneurs comme des morceaux de viande et cela avait surpris. On commenta ses toiles osées, on écrivit que cette idée de poser des côtelettes de porc sur des transats était sublime. *Viandes*, sa première exposition, chez Armelle Chafouillard, avait été un triomphe mondain. Deux ans plus tard il recommençait avec *Brochettes sur le sable*, mais Rondelet avait perdu l'attrait de la nouveauté et vendit moins de tableaux. On parlait toutefois de sa persévérance et de son originalité. Sa dernière expo, *Ambre saignant*, avait franchement déplu à la critique : « Rondelet se répète », « Déjà vu », « Même facture, même idée »… Il se persuadait que la critique lui en voulait, que son triptyque représentant un gigot plus ou moins cuit sur la même serviette de bain, forcerait l'admiration des amateurs d'art, un jour ou l'autre, qu'il fallait attendre… Pour se remettre, il avait loué une villa sur la Costa Brava pendant la durée des vacances de Pâques.

Armelle Chafouillard, de la galerie, qui croyait encore en lui parce qu'elle avait beaucoup investi, devait passer un week-end avec son ami, un autre peintre qu'elle tentait de lancer dans le monde, Marco Cramant. Rondelet haïssait particulièrement l'œuvre de Cramant, qu'il estimait dépourvu de talent, artificiel, sans technique, incapable de barbouiller un pot de fleurs ressemblant.

Sur la terrasse, face à la Méditerranée, Rondelet détaillait les vacanciers. Ce grand frimeur, long et mince, il le voyait tordu comme un chorizo et prenait un croquis. Dans son carnet de dessins, rien à faire, il transformait ses congénères en pièces de boucherie. Deux jeunes filles aux seins nus passèrent au bas de la terrasse et s'étalèrent sur le sable, walkman dans les oreilles : Rondelet essaya de les croquer. Il n'en résulta que deux rôtis de veau sur fond de coquillages.

Il n'en sortirait pas.

Le doute s'empara de lui, un doute plein de hargne, un doute moqueur qui susurrait : Rondelet, tu es fini, tu n'as pas d'idée, tu es au fin fond de l'impasse, que vas-tu faire devant le mur ? Accrocher des carcasses ? Ah ah ah !

Rondelet n'en pouvait plus, il leva les yeux vers sa femme Micheline, qui prenait le soleil, luisante de crème, et s'abîma dans la contemplation de ses gigots.

Micheline le regardait :

— Tu as dit quelque chose, Tiénot ?

— Rien, dit Étienne Rondelet, rien.

Il jeta un regard panoramique sur la plage, où il ne vit rien que des merguez au bord des vagues, et à droite, près du môle, un groupe de queues de bœuf plongées dans la mer comme dans un bouillon, jouant avec des bouées en forme de carottes et de céleris.

— Je rentre, je crois que je suis un peu malade…

— Tu as trop mangé de paella, hier soir, dit Micheline.

— Probable.

— Les Alka-Seltzer, dans la salle de bains, au-dessus du lavabo…

Armelle Chafouillard et son peintre arrivèrent avant le déjeuner du lendemain.

Un déjeuner bien pénible, en vérité, pendant lequel Rondelet dut supporter les commentaires prétentieux de ce confrère abhorré.

— Les taches, disait Cramant en décortiquant ses gambas grillées, c'est la représentation du travail artistique. On dit bien *ma tâche*, pour signifier un labeur.

— Un jeu de mots, intervint Rondelet.

— Un jeu de couleurs, mon cher, comme ces gambas dont j'ôte la carapace diaphane.

— Marco signe son intention en écrasant littéralement la toile de son empreinte, et le hasard devient un maître.

— Et quand je fais ça ?

Rondelet renversa la moitié de son verre de Rioja sur la nappe. Sa femme eut un réflexe pour rétablir le verre mais Rondelet arrêta son geste :

— Ma chérie, laisse-moi, c'est de l'art.

— Il faut considérer le problème, dit Cramant. Mais votre geste était trop volontaire.

— Vous projetez la peinture au pistolet, les yeux bandés ?

— Autre conception, mon cher, sans doute infiniment plus moderne que le réalisme de vos andouillettes sur fond de station balnéaire.

— Ouf ! dit Rondelet. Il se prend pour Picasso. Mais allez voir le musée Picasso à Barcelone, cet après-midi, il recopiait du Vélasquez, quand il avait dix ans, il savait dessiner. Vous ne sauriez même pas tracer correctement les lignes d'une fourchette !

Rondelet, à ces mots, brandissait une fourchette.

La conversation tourna. Les deux peintres s'envoyaient leurs techniques à la figure. Excédé par la suffisance de Marco Cramant, qui se moquait du réalisme, Rondelet lui planta sa fourchette dans la main en triomphant :

— Et là, ça fait une tache sur la nappe ! C'est beau ? Ça représente quoi ? Ça veut dire quoi ? C'est une architecture saignante, comme tu les aimes !

— Salaud ! Peintre de Montmartre !

— Connard ! Tire-toi !

— On s'en va, Marco, dit Armelle, furieuse.

— Parfait, foutez le camp !

— C'est facile, de recopier des photos ! insista Marco.

— Faut encore en être capable, va-de-la-gueule !

— Tes croûtes, elles se vendent plus !

Le silence revint après le départ précipité d'Armelle Chafouillard et de Marco Cramant. Mme Rondelet était consternée. Rondelet n'en pouvait plus, il s'essuyait le front avec sa serviette :

— Il n'a pas tort, ce con, je suis bousillé, je n'ai plus d'idée, on va vivre comment ?

— Où vas-tu ?

— Je vais m'aérer.

— Tu prends la voiture ?

— Je file à Barcelone. Voir des gens normaux.

Il roula jusqu'à la ville, sur la route qui longe la plage, évita de jeter un coup d'œil aux corps étendus qui rissolaient sur le sable. Il se faufila dans les ruelles gothiques, entre les touristes, jusqu'au bas des Ramblas, pour s'enfoncer dans le barrio chino pouilleux. Il avait reproduit sur son carnet la vilaine fresque de Picasso qui décorait la façade de la Maison des Architectes, plaza Nueva :

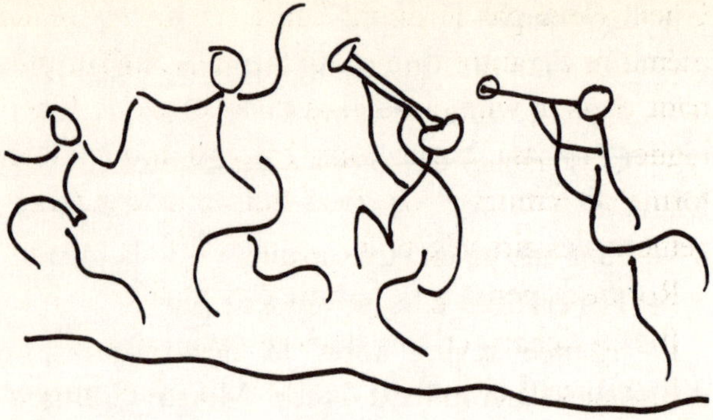

Il regrettait l'éloge de Picasso qu'il avait dû faire à Cramant, tout à l'heure. Lui, quand il traçait les lignes pures d'une épaule d'agneau ou d'une côte de bœuf, il ne se moquait pas du monde. Il pesait ses lignes, il les équilibrait, chaque teinte, chaque trait avait un sens. Il ne bâclait pas. En marchant vers la superbe plaza del Rey, défigurée par des calicots publicitaires, il rageait contre l'outrecuidance de ce Picasso qui s'autorisait de telles impostures.

Les dames à louer papotaient entre elles au bas des Ramblas. Elles n'étaient pas jolies, mais certaines étaient replètes et fardées, jeunes et plus ou moins fraîches, comme des aiguillettes de rumsteck gardées en chambre froide pendant le jour. Rondelet savait, en obliquant rue du Conde del Asalto, qu'elles deviendraient de plus en plus avariées au fur et à mesure qu'il avancerait, comme un marin pauvre en bordée. Il doubla le Palacio

Güell, élevé par le divin Gaudí, et lui revint en mémoire cet autre immeuble fou du Catalan, plus haut dans la ville, au-dessus de la place de Catalogne, la Casa Batlló, aux balcons modelés en forme de fémurs et de tibias qui prenaient étrangement des airs végétaux.

Rondelet pensa à sa femme et à sa fille.

Il s'en fichait, ce soir du Vendredi saint.

Il était seul et loin. Il dénicha un hôtel borgne pour s'y affaler, la tête lourde, et au matin il fut réveillé par un maquereau aveugle qui battait sa prostituée d'épouse, à grands coups de canne blanche lancée dans le vide, sous les rires du quartier. Il paya quelques pesetas pour un café serré et partit au hasard sur le paseo qui se poursuit vers la gare et le parc de la Citadelle. Il ne savait plus où il avait rangé sa voiture mais s'en souciait peu. Il dépassa la gare de France, paya son ticket et entra au zoo. Il ne s'attarda pas devant le monument élevé en l'honneur de Walt Disney, cinq biches, ou bouquetins, qui prennent leur élan, les uns sur les autres, devant une mare. Il chercha d'emblée les animaux féroces.

Devant les gorilles d'Afrique, il comprit que sa vie allait se terminer. Un coup de pouce et c'en était fini. Il dormirait paisible. Mort, on achèterait ses toiles, on lui consacrerait des rétrospectives à Beaubourg, on se lamenterait sur tant de talent perdu.

Les gorilles végétaient sur un îlot herbeux, séparés des visiteurs par une fosse pleine d'eau. Le plus gros pesait une tonne, il restait assis sur son cul comme un philosophe, mais l'autre, plus vif, au museau pointu, plongeait constamment la tête dans l'eau pour avaler les cacahuètes qu'on lui lançait, avant de se retourner sur le dos en se roulant au soleil. Derrière les animaux se levait un mur de céramique ocre et vert pistache que Rondelet désapprouva.

Un enfant à lunettes épaisses envoyait à tour de bras des cacahuètes aux singes. La mère n'y prenait pas garde, mais que pouvait-elle redouter ? Elle bavardait à côté avec une amie, riant et parlant vite. Notre Rondelet s'empara alors de l'enfant et l'expédia dans l'eau. Le gorille au museau pointu, troublé dans sa paresse, étendait déjà sa grosse main vers le crâne tendre, lorsque Rondelet, se composant un rôle de vaillant sauveteur, cria *Cuidado !* et se porta au secours du petit binocleux qui piaillait. Il tira l'enfant vers lui, le rejeta brusquement sur la berge, au milieu des exclamations, puis il affronta le monstre, qui le saisit par la cravate et l'étouffa entre ses pognes en lui broyant les os.

ONZIÈME MÉTHODE

Infarctus mon amour

PRÉPARÉZ VOTRE CORPS POUR HÂTER VOTRE FIN — PRENEZ À REBOURS LES CONSEILS MÉDICAUX — LES SOUCIS PEUVENT S'ACCUMULER — PRÉCIS D'EXAGÉRATION

Raoul Dubois d'Escarre, vous avez déjà entendu ce nom tape-à-l'œil à l'occasion de notre quatrième méthode : c'était le patron de Max Petitot, l'employé d'une maison de jouets qui mourut d'un accident de chasse. Raoul, on s'en souvient, était jaloux des amants de sa femme et son entreprise ne marchait plus, depuis l'intrusion sur le marché de la gaudriole enfantine de ces poupées venues de Singapour qui mordaient les doigts et recrachaient le liquide de leurs biberons en couinant avec un réalisme saisissant. Il se creusait la cervelle et incitait ses subordonnés à réaliser une poupée dont on parlerait, une poupée qui, une poupée que, une poupée, zut ! Que pourrait-elle bien faire qui ne soit pas trop choquant, cette poupée ? Raoul visait le marché américain, et la vague de moralisme étant là-bas à son comble, un jouet n'avait pas la ressource de bander ni d'offrir un postérieur trop vivant.

Raoul supposait qu'en jetant sur le pavé le tiers de ses employés il s'en tirerait, mais les syndicats allaient le mettre en pièces, et le contraindre à la faillite, donc au licenciement de l'ensemble du personnel. Il n'en pouvait plus, Raoul. Lui aussi désirait s'effacer, quitter cette société fatigante, et qu'on déplore sa perte. Qu'une rumeur circule dans le patronat français :

— Dubois d'Escarre est mort, vous ne saviez pas ?

— Il a eu un accident ?

— Infarctus.

— Il travaillait trop !

— Eh oui, ce fou aura tout donné pour redresser son entreprise.

— Quelle injustice…

L'infarctus. Pour un pédégé, c'est l'auréole du martyre. Les secrétaires témoigneraient : « Tard dans la nuit, sa lampe était allumée, il travaillait douze heures par jour, que dis-je, vingt heures ! Je me demande quand il se reposait. » Avec un minimum de persévérance et de savoir-faire, succomber à un infarctus ne devait pas être chose insurmontable.

Raoul, prenant à rebours les conseils de son médecin et ami le Dr Marigot, composa un régime sévère :

• Grossir de quinze kilos.

• Manger souvent et trop, surtout des graisses. Boire au moins deux litres de café noir par jour, abondamment sucré et systématiquement arrosé d'un rhum ou d'une eau-de-vie blanche.

• Jamais de sport. Vivre assis.

• Se surcharger de travail.

• Accumuler les soucis et les emmerdements.

• Vivre dans une atmosphère fiévreuse, au milieu des cris et de la fumée des cigarettes.

Facile, pensait Raoul, et il se mit à dévorer, à fumer, à boire et à contrôler le travail de ses collaborateurs dans le plus infime détail, question d'y user ses jours et ses nuits, ne tenant plus qu'avec des pilules excitantes qui l'empêchaient de dormir.

— Oh pardon ! monsieur, dit un matin Mlle Vacherin, sa secrétaire fidèle, laquelle s'inquiétait pour sa santé.

— Entrez donc…

— Mais vous n'avez pas dormi, monsieur ?

— On ne peut pas tout faire, mademoiselle Vacherin. Et je conduirai cette entreprise à bon port, ou j'y laisserai ma peau, comme un capitaine coule avec son bâtiment lorsque celui-ci a touché l'iceberg qui déchire sa carène…

Il ne s'arrêtait plus. Sûrement ces saletés de médicaments dont il se bourre pour tenir le coup, pensa Mlle Vacherin. Le pédégé tragique demanda :

— Faites-moi monter un lit de camp dans ce bureau.

— Pour… Pour dormir…

— Pardi ! Il vaut mieux que je me repose une heure ou deux de temps en temps, non ?

— Oui, monsieur.

À dater de ce jour, Raoul Dubois d'Escarre vécut dans son bureau. S'ensuivit une rupture éprouvante avec Solange Dubineau, sa maîtresse en titre, qui le traita d'impuissant, de gros tas et de fantôme. Il en fut très affecté car il adorait Solange Dubineau. Sa femme le ridiculisait en public, on le tenait au courant, et son moral en souffrit. À part ça il engraissait et entretenait sa nervosité à coups de médicaments et de café du Kenya, le plus costaud, le plus épais, qui lui barbouillait l'estomac et lui cognait aux tempes.

— Monsieur…

— Mademoiselle Vacherin ?

— Votre second déjeuner, monsieur…

— Très bien, qu'on le pose sur la petite table, comme tous les jours. Qu'est-ce que c'est ?

— Foie gras, goulash…

— Et à dix-sept heures, vous avez noté ?

— Saucisson chaud, pommes à l'huile, oui. Monsieur… Quatre repas aussi consistants par jour, n'est-ce pas un peu trop ?

— Comment je tiendrais, hein, si je ne me nourrissais pas ?

Dès le départ de Mlle Vacherin, Raoul sortit d'un tiroir une balance portative, monta dessus et constata avec plaisir qu'il avait pris six kilos depuis le mardi précédent. Allons, courage ! L'infarctus était en bonne voie, et s'il avait un cœur à toute épreuve, comme ses ancêtres, il y avait des rattrapages médicaux : la congestion cérébrale, l'ulcère…

Il se remit à son bureau et écrivit une lettre urgente en terminant son double scotch. Il déjeunerait après :

« Je tiens à vous signaler que les comptes de M. Dubois d'Escarre ne sont pas à jour. Si vous trouviez des irrégularités dans ses livres, je n'en serais pas surpris. Sachez, M. le contrôleur du fisc, que les malhonnêtetés doivent être châtiées. »

Raoul signa *Le corbeau*, une lettre anonyme au percepteur pour dénoncer ses fraudes, car il avait fraudé, exprès, afin de subir les affres d'un redressement fiscal qui, pensait-il, le tuerait.

C'était vrai.

Lorsque l'agent des Impôts frappa à sa porte, piloté par Mlle Vacherin, Raoul ne répondit pas. Ils prirent la liberté d'entrer et trouvèrent le pédégé étalé sur la moquette. Mlle Vacherin ameuta le voisinage. Le médecin arriva.

— Infarctus, dit-il.

DOUZIÈME MÉTHODE

Meurtrière météo

UN CHOIX CAPITAL : DÉSHYDRATÉ OU GELÉ ? — POLITIQUE DES FRIMAS — VIVE LES ZONES ÉVACUÉES — DOMESTIQUER LA FOUDRE ? — APPRENEZ À SURVEILLER VOTRE BAROMÈTRE

La canicule et le gel sont nos amis. On doit pouvoir profiter à bon escient des températures excessives. Si la météo annonce « L'hiver s'installe », « Routes bloquées », « La France grelotte », sortez ! En été, dirigez vos pas vers Marseille, Aubagne, Istres ou Toulon, ces villes se transforment alors en fours : on y compte trois cents décès anormaux en période de grosse chaleur. Vous êtes âgé ? Tant mieux. Vous suez moins, or, en général, on s'en tire par la transpiration. Vieillard veinard, en épuisant vos glandes sudoripares, la chaleur va vous enterrer.

Plus jeune, vous avez la ressource de naviguer au large sur un esquif surchargé, pour les plaisirs du naufrage. Sinon, l'incendie de forêt vous aidera.

Le mimosa sauvage, qui a gelé sur pied pendant l'hiver, devient dès les beaux jours un merveilleux combustible : aidé par le mistral, il va dévaster ces régions du Midi que personne ne veut débroussailler. Ne jouez pas les pyromanes, il suffit d'attendre dans un coin exposé, en calculant toutefois la rapidité d'intervention des Canadairs. N'ayez pas la sottise de louer une villa à proximité d'une base de ces avions-citernes.

Autre solution estivale, plus simple encore, la baignade. Au mois d'août, sur nos plages, une vingtaine de baigneurs se noient chaque jour. Si vous le voulez, vous pouvez rejoindre cette cohorte des noyés. Vos vacances peuvent à peu de frais devenir éternelles. Douze millions de barboteurs, et vous, parmi ce troupeau, assis dans les vaguelettes puisque le dégazage des grands pétroliers vous empêche désormais de pêcher la crevette, écoutez mes conseils d'expert.

Pour la noyade, les meilleures plages, en France, sont situées entre Hendaye et La Rochelle, à cause des rouleaux et des vagues brutales de l'Atlantique. Repérez une côte solitaire, ou bien épiez le mât, devant le grand hôtel, et sautez à l'eau dès que le drapeau rouge est hissé. Quoi qu'il en soit, évitez les plages surveillées, vous auriez l'air fin, si un CRS velu vous ramenait sur le sable contre votre gré. Sachez qu'on trouve facilement la liste des plages interdites et polluées, pour accroître le risque, mais ces listes sont-elles fiables ? Elles dépendent trop de la couleur politique des mairies concernées et de leurs liens avec le pouvoir central.

Autres conseils. Baignez-vous après le repas, en pleine digestion, ou bien, *a contrario*, l'estomac vide — jeûnez deux jours et plongez : l'énergie que réclame la natation provoquera par hypoglycémie un évanouissement dévastateur.

Le froid reste d'un maniement plus aisé.

Il suffit de rester une nuit dehors quand il gèle.

Benoît Pinson s'était dégradé pendant l'automne. Il n'avait plus une thune pour réparer la semelle trouée de son soulier gauche, aussi prenait-il soin d'éviter les flaques d'eau et les caniveaux, car il craignait le rhume. Benoît avait eu un métier, puis dix, puis cent, il bricolait, prêt à tout. L'été avait été décisif. Rester en ville, quand ses habitants se sont tous enfuis vers les plages, ça ne facilitait pas la recherche d'un emploi. Mais enfin, il lavait sa chemise dans les bassins du Trocadéro ou des Tuileries, à l'aube, avant les rondes des gardiens, avant même les touristes. Cette chemise, elle n'en avait pas pour autant bonne mine, et malgré son savoir, les agences de tourisme refusaient le clochard.

— Mais je suis pas clochard !

— C'est ça, allez, décampe !

— Je suis chômeur.

— Va chômer plus loin.

Plus loin il tendait la main, ramassait au mieux des piécettes qu'il comptait et recomptait avant de les convertir en litron de vin rouge, le moins cher, le plus râpeux, celui qui troue le ventre mais réjouit la tête, celui qui vous permet de somnoler en permanence, et de prendre racine sur un banc ou sous un porche — en oubliant que le temps passe.

Il avait vingt-trois ans, messieurs-dames.

Après l'été, comme je vous le disais plus haut, Benoît Pinson n'était plus présentable. Sa veste tenait de la guenille de théâtre, une ficelle trouvée par terre maintenait la semelle trouée à l'ensemble de la chaussure, et le vin, à force, le mauvais vin qu'il ingurgitait pour ne plus penser à lui, avait hébété son regard.

Il avait élu domicile dans un quartier de marché, pour glaner des trognons, des feuilles de salade et des fruits blets que les marchands jettent en fin de journée. Il redoutait les lundis, quand le marché ne fonctionnait pas, juste un Prisunic inaccessible, avec un colosse à l'entrée qui vérifiait les sacs des ménagères, secouait les mauvais payeurs et éloignait les clochards, à cause de l'odeur, vous comprenez.

Et il se dégradait, et il se dégradait.

Un jour il tomba raide contre un cageot et s'abîma le visage. Le sang sécha en croûte. On l'avait refusé, à la clinique, en lui conseillant de moins picoler. Il restait assis de longues heures, à même le sol, et dormait sous l'auvent d'une boutique de sportswear réservée aux grossistes. Il tendait encore la main, image de la mollesse, pas convaincu, accoutumé à ce qu'on l'évite. Une brave dame lui avait mis dans la main quelques oranges, une fois, mais il n'arriva pas à les digérer et vomit sur le capot d'une Fiat. Il s'en alla aussi vite qu'il put, avant le retour du propriétaire de l'auto qui, certainement, l'aurait rossé. Comme ses poches étaient décousues, il gardait son argent à la main, et elles y tenaient toutes, les pièces de dix et vingt centimes. Réunir la somme qui acquitterait son droit au litron, cela lui prenait de plus en plus de temps. La crasse, sa blessure visible au front, mal soignée et purulente, l'autre cicatrice, sur l'arête du nez, quand il avait glissé, saoul, contre un pare-chocs, il y avait de quoi effrayer les braves gens du quartier. Un jour ils ne le verraient plus et ils penseraient : celui-là aussi, il a dû mourir, normal : avec ce qu'il tenait ! On n'a pas idée de boire autant.

Benoît Pinson fut sauvé par la vague de froid qui s'abattit sur la France.

Surpris, le premier jour, il s'était réfugié dans le hall d'un immeuble chauffé. Le chien des gardiens le repéra à l'odeur et on le mit dehors, avec des pincettes. Il tituba jusqu'au métro, glissa sur une marche gelée et brisa sous lui sa dernière bouteille de rouge. À une heure du matin, des vigiles le réveillèrent pour le pousser dehors. Il se retrouva dans les sous-sols du Forum des Halles mais n'y demeura pas longtemps : les policiers avaient aspergé les lieux de gaz lacrymogène, pour chasser les clochards.

Tant mieux, dit Benoît Pinson.

Au lieu de se traîner vers la péniche de l'Armée du Salut, probablement bondée, au lieu de se faire arrêter pour passer la nuit dans un commissariat douillet, il respira l'air glacial et avança. Il ne sentait plus ses jambes. Sur les quais de la Seine il s'installa entre deux voitures et ferma les yeux.

Il s'engourdit presque tout de suite.

On le retrouva le lendemain matin.

Il était raide comme une bûche.

Pour la maréchaussée c'était un clodo comme les autres, mais pour moi, qui connais ses dernières pensées, Benoît Pinson devint exemplaire. Il savait que le froid est une arme. Ce qui le gênait ? Ne pas avoir pu quitter Paris. S'il avait moins dépensé en vinasse, il aurait pu attraper un train en partance pour les Alpes. Il aurait choisi un couloir d'avalanches. Et au milieu, bien debout, il aurait hurlé une chanson de Dalida. La neige l'aurait emporté. On n'aurait même pas retrouvé son corps — et ça aurait mieux valu.

TREIZIÈME MÉTHODE

Ces pays d'où l'on ne revient pas

MALARIA AÉROPORTÉE —
QUAND LES TROPIQUES NOUS VISITENT —
VOYAGES MEURTRIERS —
APPRENEZ LA GÉOGRAPHIE DU DANGER —
L'ART DE HEURTER LES TRADITIONS
DE PLEIN FOUET

Je viens d'apprendre tout à l'heure qu'un douanier belge vient de trépasser à Louvain, secoué par des fièvres chaudes. Un moustique, échappé d'une valise de globe-trotter, a refilé une solide malaria à ce pauvre sédentaire. On a décelé par la suite cinq autres cas de contamination, dont un gravissime. Délicieux tropiques. En matière de meurtre à long terme, comme ils nous aident.

Alexandra, hôtesse de l'air, ramène à Paris une exubérante plante verte dégottée en Afrique. Elle a franchi par brigue les contrôles de l'aéroport, à l'instar d'un député qui s'embarquerait avec une arme, et installe sa décoration feuillue dans son living. Elle l'arrose avec abondance, car la terre a soif et il fait très chaud, en ce mois d'août : la plante ne sera pas dépaysée, en plein soleil, devant la baie vitrée qui ouvre sur le balcon. En effet, elle pousse, la bougresse, elle grandit, elle prospère, elle se transforme en petite jungle. Un mardi, vers onze heures du matin, notre hôtesse en buvant son thé contemple sa nouvelle plantation. Elle a l'impression que les feuilles remuent. Pas beaucoup. Juste un léger mouvement irrégulier. Je ne dois pas être réveillée, pense-t-elle, ou bien je n'aurais pas dû boire autant de punch, hier soir, chez Laurent et Véronique.

Le phénomène se reproduit le lendemain. Alexandra constate que la plante bouge ses feuilles. Pas un souffle, pas un courant d'air. Pour en avoir le cœur net, Alexandra va vérifier que les fenêtres sont bien closes, dans la cuisine ou dans sa chambre voisine. Mais alors, cette plante qui palpite, que veut-elle ?

Au fil des jours l'agitation des feuilles s'accroît.

La plante frémit, les feuilles se lèvent et s'abaissent. Est-ce une plante carnivore qui réclame sa pitance ? Faut-il lui donner des mouches ? Ou du bœuf haché ? Alexandra téléphone à un ami médecin, qui lui conseille un calmant. Puis elle interroge un spécialiste de la maison Vilmorin qui lui répond :

— La végétation africaine, nous connaissons mal.

Et l'homme livre un numéro. À l'Institut de botanique tropicale, on donnera à Alexandra les renseignements qu'elle demande. Elle appelle. Un certain Kouré-Samba lui pose un tas de questions précises : À quoi ressemblent les feuilles ? Quelle est leur taille ? Le pays de provenance ? Les feuilles bougent-elles de plus en plus ? Aux réponses d'Alexandra, la voix de ce monsieur change. Il réplique d'un ton sec :

— Fermez vos fenêtres. Calfeutrez le bas des portes. Attendez-nous en bas de votre immeuble, nous arrivons immédiatement.

Elle obéit. Peu après, une camionnette déboule dans la rue, freine en double file, et des hommes en combinaisons de cosmonaute se ruent dans l'immeuble, avec des bonbonnes et des lances.

Pendant quatre jours, Alexandra vécut à l'hôtel. La plante qu'elle avait rapportée d'Afrique était un piège redoutable. Des araignées à la piqûre mortelle y pondaient traditionnellement leurs œufs par milliers, et si les feuilles s'animaient, c'était à cause de l'éclosion de ces œufs mortels. Les bestioles allongeaient leurs pattes, croissaient en force et en nombre. À trois jours près, les araignées auraient envahi l'immeuble et massacré ses habitants.

Vous vous en doutez, avec quelques menus éléments de botanique tropicale, on peut fort bien ramener chez soi l'une de ces plantes à retardement. On peut également aller mourir sur place, pour simplifier, dans un pays qui offre de vrais dangers de mort. On peut se promener sans amis et sans escorte au Liban, on peut pour rire passer la frontière afghane et sauter sur une mine soviétique, on peut se déshabiller sur une place publique iranienne, pour finir lapidé comme au temps de Jésus. Bref, on peut choisir ses vacances, provoquer, s'exposer aux barbares.

Maryse Pacotte s'envola dans cet esprit pour le Kimbalang, ce pays de l'Asie extrême qui survivait depuis trente ans malgré la dictature du président Fernandos. On prétend que les vieilles dictatures s'assouplissent, que la liberté finit par s'y infiltrer, mais c'était faux : au Kimbalang on avait la gâchette facile, et de tous les côtés. La police n'hésitait jamais à vider un chargeur. Les rebelles non plus. Il suffisait de se retrouver entre les deux.

Le contrôle, à l'aéroport, était prometteur. Des soldats, arme à la bretelle, lisaient et relisaient les passeports touristiques comme s'ils savaient lire, vous demandaient en mauvais anglais, comme à Moscou, si la photo était bien la vôtre, tamponnaient, visaient, signaient, vous inspectaient de haut en bas. Déjà, Maryse n'avait pas un bon look. Sa jupe courte indisposa les autorités et, d'emblée, on lui expliqua que la décence était une qualité. Cela l'étonna : les enfants, au Kimbalang, se prostituaient dès l'âge de douze ans, les garçons comme les filles, et la base aérienne des États-Unis, au nord de l'île, n'y était pas pour rien. Parce qu'elle avait des dollars, on la laissa entrer sans plus de difficultés dans ce pays occupé par une guerre civile permanente depuis des lustres. Un hôtel avait même explosé, la semaine précédente, et des touristes australiens avaient grillé en beauté.

À Tolédo, la capitale, elle avait réservé une chambre au *Caudillo*, un palace présentable, disait le guide, qu'on devait préférer aux multiples auberges tenues par des Chinois, des maisons de passe, en fait, utilisées par les notables de la région.

Le chauffeur de taxi l'escroqua de trois cents fernandinos, la monnaie locale, du papier sans grande valeur, mais elle arriva à bon port. À l'entrée de l'hôtel, elle dut passer sous un portique détecteur de métaux, et à la réception, on lui proposa un accompagnateur en lui remettant ses clefs. Elle refusa. Monta se doucher. Remarqua, à chaque étage, des soldats en faction, mitraillettes protectrices à l'épaule, qui fumaient une herbe du pays et riaient comme des baleines.

C'était un ancien hôtel colonial établi par les Portugais, vaste, avec des ventilateurs qui brassaient l'air plus ou moins vite, et l'eau coulait tiède dans la baignoire. Elle ne ferma pas sa porte à clef — il y avait trois verrous et une chaîne —, malgré les recommandations de la réceptionniste.

Le soir venu, Maryse sortit seule dans les rues de Tolédo. Elle s'assit chez une marchande de soupe et mangea son bol pimenté en buvant un

Coca. Deux marins américains passèrent dans la rue, passablement ronds, et elle les vit marchander deux jeunes Kimbalanguaises à un gros moustachu en chemisette, qui s'éventait constamment avec un numéro de la *Far Eastern Review*. Une patrouille leur succéda, qui ramassa deux ou trois innocents en leur frappant sur la tête à coups de matraque. Puis la foule habituelle des cités asiatiques, nonchalante ou pressée, indifférente aux massacres quotidiens, résignée, parmi laquelle devaient se cacher nombre de rebelles qui fourbissaient leurs armes, ou préparaient l'attentat du lendemain.

Rentrée à l'hôtel, après la fouille ordinaire, Maryse feuilleta son guide. Elle pouvait se faire pincer à l'aéroport si elle achetait de la drogue à un autochtone, mais le consulat de France, évidemment, lui épargnerait la peine de mort. Elle pouvait profaner un temple en s'y promenant en maillot de bain. Là encore, le consulat interviendrait, et elle se retrouverait, grotesque, dans les locaux d'Air France. Alors ?

Lorsqu'on se rend dans des pays abominables, c'est-à-dire la majorité des contrées de notre planète, puisque le monde se rétrécit, il faut prévoir avec soin un recueil d'injures impardonnables à balancer aux agents de l'autorité, connaître les attitudes et les gestes interdits, les zones de grand péril. Maryse réfléchit que si elle vampait un officier de la garde prétorienne du président Fernandos, celui-ci pourrait l'emmener en embuscade, au nord, dans les provinces tenues par la guérilla. Trop long. Trop compliqué. Et ces militaires abrutis, dans les couloirs de l'hôtel *Caudillo* ? Ils devaient pour un oui ou pour un non appuyer sur la détente de leurs mitraillettes. Sans quitter l'hôtel, Maryse pouvait fort bien se faire exécuter. Il y aurait bavure. Pensez donc : une touriste mitraillée devant sa chambre.

Séduisante idée.

Mais comment déchaîner ces brutes ?

En leur flanquant une bonne peur.

Comment, là encore ?

En les menaçant.

Par instinct ils tireraient. Seulement, Maryse Pacotte ne provoquait que des sifflements admiratifs, quand elle roulait des fesses en passant devant les soldats. Jamais ils n'auraient peur d'elle. Jamais. Elle essaya tout de même. Elle s'approcha du groupe campé devant l'ascenseur du grand hall, risqua quelques mots en anglais. Les autres riaient, avec leurs grandes bouches édentées, sans comprendre un traître mot. Ils avaient tellement confiance en cette touriste qu'ils avaient abandonné leurs armes contre le mur. Maryse avait jugé la situation d'un coup d'œil. Elle bondit et s'empara d'un pistolet-mitrailleur *made in Houston*. Les imbéciles réagirent vite. L'officier lui tira une balle dans le front.

Peu après cet accident, le président Fernandos dut s'enfuir vers Hawaii et la rébellion, appuyée par Washington, prit le pouvoir. Maryse Pacotte n'y était pas pour rien.

QUATORZIÈME MÉTHODE

Tête d'assassin

LE FRANÇAIS MOYEN PEUT TUER
— IL S'AGIT DE L'Y POUSSER
— DEVENEZ HORS-LA-LOI
ET CRÉEZ LA PANIQUE — PRENEZ LE TEMPS
DE BIEN CHOISIR VOTRE TUEUR
— IL DOIT ÊTRE HONORABLE

Regardez cet homme. Il a de la bedaine, une bonne bouille cuite par le Pernod, dans sa rue il lance des plaisanteries au marchand de légumes, au boucher, à la caissière de la crémerie, et le buraliste sort des rayons deux paquets de Winston avant qu'il ne les demande. C'est l'horloger de la rue. On le connaît. Sa silhouette ronde est devenue au fil des ans un élément du décor, et sans lui, le quartier manquerait d'une figure notoire. Cinquante-deux ans, marié, trois enfants dont aucun n'a encore passé le baccalauréat, Raymond Cunet mène une vie pépère, contrariée par l'impôt et les changements de la politique auxquels il ne comprend goutte — ce qui ne l'a jamais empêché d'avoir un avis tranché et de l'émettre. Il est terriblement français, ce descendant de l'envahisseur burgonde, et ne manque jamais de le faire savoir. Du reste il a une arme, une Winchester interdite, mais qui donc viendrait la lui saisir, dans le placard de l'aspirateur ?

Le bonhomme, pas très malin, plutôt obtus, représente le terreau des dictatures et des excès. Quoi qu'il dise. Et je suis bien placé pour vous en parler, moi, le Gallo-Romain ouvert tous azimuts aux cultures les plus diverses, moi, descendant des soyeux lyonnais qui naviguaient jusqu'en Chine. Je m'appelle Ancrenas. J'aurais pu mener des études tranquilles, m'asseoir à la Sorbonne devant l'amphithéâtre et pérorer, analyser, décortiquer les écrivains comme des homards. L'inutilité du professorat m'a saisi très tôt, et je préférais m'user les yeux à la cinémathèque. Les pédants m'ont toujours retourné l'estomac, leurs commentaires me donnent des aigreurs, alors voilà, je ne suis rien devenu du tout. J'erre. Je guette à la manière du tigre, les yeux mi-clos, l'occasion qui va me permettre un prompt enrichissement.

J'ai plusieurs fois volé des particuliers. Trop facile. On n'en tire aucune satisfaction intellectuelle. L'un d'eux s'est rebiffé, il a sorti une arme, j'ai eu la chance de m'esquiver à temps. J'étais plus souple que lui. J'habite désormais une chambre au sixième étage, sous les toits, dans la même rue que l'horloger, Raymond Cunet, ce gros porc qui défend les valeurs de l'Occident en se gardant bien de les savoir. L'Occident, c'est le mélange, et la France, à l'extrémité du continent euro-asiatique, c'est le pays le plus brassé du monde.

Raymond Cunet était trop niais pour s'en apercevoir.

Je l'avais rencontré d'abord dans la boutique du marchand de journaux. Il achetait son hebdomadaire favori et bavardait avec le quincaillier, qui achetait son quotidien préféré.

CUNET *(savant)* : T'as vu, y s'dégonfle, le gouvernement.

LE QUINCAILLIER : J'm'en doutais.

CUNET : La thèse sur les chambres à gaz, pfouit ! Y s'en tapent. Y z'ont dit qu'y avait des fautes administratives, et tout arrêté.

LE QUINCAILLIER : Ah ! L'administration !

CUNET : Pac'que, nous, hein, dis-moi, qu'est-ce qu'y nous prouve qu'elles ont existé, les chambres à gaz ?

LE QUINCAILLIER : Ouais ouais. T'étais où, toi, pendant la guerre ?

CUNET : J'étais bambin. Mais mon père, à Paris, tu m'entends, y f'sait des affaires. Et pis ensuite, avec les Américains aussi il en f'sait, des affaires, il a pu ouvrir la boutique. Y s'occupait d'sa famille, au moins.

LE QUINCAILLIER : Ça c'est l'plus important, même plus, c'est l'plus essentiel.

CUNET : Et faut la protéger.

LE QUINCAILLIER : C'est sûr.

CUNET : Et j'vais t'dire, moi, faut virer les étrangers qui nous agressent. Tant qu'on aura pas pigé ça, on s'ra pas peinards, nous autres.

Je n'insiste pas. On pourrait aligner des âneries de cette eau pendant des pages et des pages. Je voulais que vous saisissiez le bonhomme que je comptais punir. Il me paraissait trop proche du dégoûtant portrait-robot que je me forgeais d'un raciste de modèle courant. Je me sentais investi d'une mission vengeresse, avec l'âme d'un kamikaze : j'allais forcer l'horloger à me tuer. Il périrait avec moi, ou du moins, si les juges le dédouanaient de son crime, qu'il n'en ressorte pas indemne, qu'il croupisse, ne serait-ce qu'une semaine, dans les cellules où ses pairs envoyaient les délinquants mineurs se gâter.

J'avais repéré la maisonnette de ses beaux-parents, en Indre-et-Loire, pour accomplir mon acte nécessaire. Il s'y rendait ordinairement le week-end, dès le printemps, avec son épouse rondouillette et deux de ses lardons (l'aîné, qui reniflait de l'héroïne, était en cure de désintoxication à Marmottan). Le samedi, les Cunet rôtissaient des brochettes dans la cour de gravier, et ils mangeaient en commentant l'actualité, sous le saule. J'irai à la tombée de la nuit, je forcerai la porte, je ferai crisser le gravier et grincer les marches de l'escalier de bois qui monte aux chambres. S'il le faut, je renverserai un vase, ou le lot de cannes dans le vestibule : car cette maison, je m'y suis déjà introduit sans risque à deux reprises. Cunet décrochera l'un de ses fusils de chasse du râtelier, les cartouches sont rangées dans le tiroir du secrétaire, à côté. Il me mettra en joue, il me tirera dessus sans sommation.

Ainsi fut énoncé, ainsi fut réalisé le projet d'Ancrenas. Deux semaines plus tard, à la fin mai, on pouvait lire l'écho suivant à la troisième page du *Courrier de l'Indre* :

LE VOYOU BLESSÉ
PAR LE COMMERÇANT EST MORT

Un jeune homme bien habillé, blessé par un horloger parisien, M. Cunet, est mort ce matin mardi à l'hôpital de Loches. Le voyou avait essayé de s'introduire samedi soir dans la demeure des beaux-parents de M. Cunet à Saint-Ferrand (Indre-et-Loire). N'écoutant que son courage, l'horloger décrocha un fusil de chasse et toucha le malfaiteur au ventre et au cou. M. Cunet, âgé d'une cinquantaine d'années, a blessé grièvement le jeune homme, dont l'identité n'a pas été dévoilée. L'agresseur ne portait aucune arme, mais M. Cunet, honorablement connu à Saint-Ferrand, a été laissé en liberté.

POUR EN FINIR AVEC CE LIVRE FUNESTE

1

Dialogue à bâtons rompus sur les masos

— Dites-moi, vous qui jouez le grinçant, vous n'avez rien inventé.

— Comment ça ?

— Les jeux plus ou moins graves, autour du suicide, cela ne date pas d'aujourd'hui.

— Je m'en doute.

— Se détruire en beauté, au siècle dernier, c'était un poncif dans certains milieux. L'Europe a même connu une floraison de clubs qui proposaient votre programme.

— Je sais. À Londres, les amis de l'élu suicidé organisaient un accident. Stevenson a même écrit un roman là-dessus, *Club de suicide*. Les adeptes se réunissaient, on tirait au sort. Admettons que ce soit Allan que le hasard désigne en premier. À partir de cette minute, comme il l'avait souhaité, sa vie était en danger. Il mourait les jours suivants. Un fiacre le renversait gravement. Un moellon de chantier lui heurtait l'occiput.

— Cela appartient au roman…

— Mais non, incrédule paltoquet ! Dans les années trente en Yougoslavie, on voit apparaître, à l'instar de celui de Londres, un Club de Ceux qui Savent, puis à Tokyo, une association de même esprit. Tout cela pour pallier le manque d'imagination ou le ratage désastreux.

— Et vous êtes favorable à ces réunions de détraqués ?

— Pour moi ?

— Par exemple.

— Pas du tout.

— Vous y poussez les autres !

— Nullement.

— Que faites-vous, ici même, dans cet opuscule sulfureux ?

— Je me moque.

— De qui ?

— De mes semblables.

— Vous allez créer des vocations !

— En la matière on ne crée rien. J'ai connu une jeune fille, elle avait vingt-cinq ans, elle était intelligente et avait de l'allure, la taille fine, mais un énorme défaut : elle voulait se tuer. Vous ouvriez une fenêtre, le vide semblait l'aspirer. J'ai gardé pendant quelque temps sa fenêtre, car elle habitait au cinquième étage.

— Eh bien ?

— Deux ans plus tard elle a sauté. Personne n'y pouvait rien. C'était après un bon dîner, paraît-il, avec des amis fidèles, qu'elle a enjambé la fenêtre de sa cuisine. Irrésistiblement. Regardez Jacques Rigaut, ce personnage en marge du surréalisme, qui se pavane en cols cassés, avec de jolies cravates, sur les photos des années vingt, l'ami de Drieu, son modèle du *Feu Follet*. Par plaisanterie il avait inventé une *Agence générale du suicide*. Les statuts ? « Grâce à des dispositifs modernes, l'AGS est heureuse d'annoncer à ses clients qu'elle leur procure une *mort assurée* et *immédiate*, ce qui ne manquera pas de séduire ceux qui ont été détournés du suicide par crainte de se rater. »

— Il s'est tué, d'accord, où voulez-vous en venir ? Le surréalisme était une nouvelle mouture du romantisme noir, nous le savons, et de plus, il revient à la mode…

— Tout un courant suicidaire traverse notre Histoire européenne, depuis les premiers chrétiens. Un long courant confus et destructeur se propage de sainte Blandine à André Breton.

— Breton n'était pas particulièrement chrétien !

— Je me demande. Un chrétien moins les miracles. Et encore : initiation, goût des mausolées et de l'anathème, rigidité, magie… Le jour où Breton mourut dans son lit, un tamanoir s'évada d'une caisse à l'aéroport d'Orly. Miracle ! Miracle ! C'était l'animal fétiche du Grand Pape et Papa !

— Et ensuite ? Reprenez votre démonstration farfelue au commencement…

— Cela commence comme une épidémie. Les évêques sont les porteurs de germes, au début de notre ère.

— Vous confondez les évêques avec les rats noirs !

— Connaissez-vous la situation des premiers siècles ?

— Bof…

— Trop facile. Les vrais mystiques étaient alors frappés d'hérésie. L'Église naissante, avant tout, s'organisait en pouvoir subversif pour saper le vieil Empire romain trop tolérant. Avant de réussir, avant que les monastères, dès le Ve siècle, servent de banques, avant que les évêques s'emparent de la politique, les chrétiens aiment la mort. Il n'y a pas de fanatisme isolé, non guidé par un pouvoir occulte qui monte et se prépare.

— Tiens donc ! Et Néron, ce monstre à barbe rouge ?

— Un empereur aimé de son peuple.

— Et les chrétiens jetés aux lions, qu'en dites-vous ?

— Lorsque Rome a brûlé, l'empereur organisa lui-même les secours. Des gens refusaient de porter les seaux d'eau, ils se réjouissaient à haute voix du désastre. Les bons citoyens, désespérés devant leurs maisons en flammes, accusèrent aussitôt ces terroristes chrétiens. Une enquête fut ordonnée, un tribunal décida la répression qui, pendant quinze jours, s'avéra brutale.

— Où voulez-vous en arriver ?

— Au culte du suicide des premiers chrétiens. Martinien, Vincent et Anastasie s'efforcent de mourir en barbecue, Radegonde s'asperge d'huile bouillante comme un gigot, Ignace provoque les lions trop amorphes, Tiburce fait des claquettes sur la braise, la peau de Julien se retrouve en tapis sous les pieds du roi des Perses. Bref, une envie très marquée pour la mort violente. Un plaisir. Les Romains trouvaient cela vulgaire. Arrius Antoninus, proconsul d'Asie, un jour de l'an 184, eut le malheur de condamner quelques provocateurs chrétiens, et tous les fidèles de la ville accoururent au tribunal : « Nous voulons être martyrs ! » Le proconsul, épuisé par leurs lamentations, les mit à la porte : « Fichez le camp, misérables ! Si vous tenez tant à mourir vous avez des précipices, vous avez des cordes ! »

— Mais l'Église condamne le suicide !

— Dès qu'elle consolide et étend son pouvoir politique. Lorsque à nouveau elle perd du terrain, ce vieux courant masochiste qui l'a aidée à naître surgit en liberté. Et voici le bazar romantique, fièvres, teint jaune, orages, fioles de poison. Dans les Allemagnes arriérées de 1830 on chérit la mort.

M. Favreau, à Magdebourg, installe un faux cimetière dans son jardin et dort dans son cercueil, comme Henri Heine. À Paris, en 1832, peu avant l'épidémie de choléra qui allait tuer dix-huit mille personnes, deux jeunes gens s'asphyxient…

— Ils avaient sans doute trop souffert.

— Mmmm… Escousse et Lebras venaient de pondre un drame, *Raymond*, qui avait été hué au théâtre de la Gaîté. Près du réchaud fumant on a trouvé ce poème :

Adieu trop inféconde terre
Fléau humain, soleil glacé.
Comme un fantôme solitaire
Inaperçu, j'aurais passé.

Et Moreau, Hégésippe Moreau, qui retrouve son fascicule de poèmes transformé en cornets chez un épicier, il se roule dans les draps d'un cadavre contagieux. En vain.

— Mais que manque-t-il donc à ces pauvres hères ?

— L'humour.

— Comme aux surréalistes ?

— Vous l'avez dit. Ils reprennent l'attirail romantique et, s'ils mouillent moins leurs mouchoirs, c'est que la guerre de quatorze est passée par là.

— Comme vous y allez !

— Vous vous souvenez du docteur Clérambault ?

— Cela me dit vaguement quelque chose…

— Il avait traité André Breton de pousse-au-crime, d'agité et de précieuse. L'autre le prend mal et, selon son habitude, invective et condamne.

— Eh bien ?

— Ce Clérambault, c'était un curieux personnage. Oui, il avait la phobie des microbes et faisait flamber ce qu'il touchait. Mais il avait étudié le drapé, repérait les tribus d'Afrique aux plis de leurs burnous, commentait le passage de la chlamyde à la toge, écrivit un étrange opuscule sur la passion érotique des étoffes chez les femmes… Et puis…

— Quoi ?

— Un jour de novembre, en 1934, il rédige son testament et va essayer son revolver de guerre dans le jardin. Il a déjà commandé sa stèle à un artiste marocain. Le revolver marche. Bien bien, dit le docteur en ajustant son lorgnon. Il monte l'escalier au pas de charge, s'enferme dans sa chambre, installe son fauteuil en face de la glace, s'assoit et se tire une balle dans la bouche. On le retrouve, lui, médecin-chef de l'infirmerie spéciale du Dépôt, entouré de mannequins de cire drapés de madras et d'indiennes brochés.

— Il était masochiste, lui aussi ?

— Il ne voulait pas devenir aveugle.

2

> « Les vieillards tiennent beaucoup trop à leurs idées. C'est pourquoi les naturels des îles Fidji tuent leurs parents quand ils sont vieux. Ils facilitent ainsi l'évolution, tandis que nous en retardons la marche en faisant des académies. »
>
> (ANATOLE FRANCE, *Le Jardin d'Épicure*)

Les centenaires s'ennuient. J'ai été enchanté quand Gabrielle Buffet-Picabia est morte à cent quatre ans. Elle en avait assez. Sa voix malicieuse, haut perchée, *jeune*, sortait d'un corps tordu qui réclamait une tombe. Elle disait : « N'hésitez pas à venir tard le soir, vous comprenez, à mon âge on ne dort plus, on a trop dormi, on a tout lu, on a beaucoup vu, mais amenez une bonne bouteille, du bordeaux, plutôt, à cause de mon estomac. »

À la fin du siècle dernier, le dénommé Lapeyre s'était suicidé à cent deux ans pour ne pas gêner les autres, mais Gabrielle, sa joie, c'était de persifler. Elle vivait seule dans un atelier proche de l'Étoile, la clef en permanence dans la serrure de l'entrée, comme si elle attendait un cambrioleur ou un meurtrier, et je demeure persuadé que cette éventualité l'amusait. Une dernière pirouette à la une des journaux : « La célèbre centenaire, agressée chez elle, vient de succomber. » Aurait suivi un article plein de pommade. Elle devait y songer en ricanant d'avance. Mais non : la mort ne voulait pas d'elle. Gabrielle était venimeuse mais avec talent, et je l'aimais bien. Je l'avais toujours connue dans son rôle de vieille emmerdeuse professionnelle, qui lançait des piques à sa famille et s'en faisait détester. En sortant du lycée, j'allais lui poser des questions respectueuses sur les fadas qu'elle avait côtoyés de si près, car elle possédait l'art subtil et nécessaire de briser net mes illusions. Une fois c'était Tristan Tzara, grotesque, perdant son fameux monocle dans la Méditerranée. Une autre, c'était Man Ray, lequel aurait toujours été gâteux un jour sur deux, même à vingt ans. Une autre, c'était Apollinaire :

« Guillaume était un gros naïf, disait Gabrielle. Je me souviens très bien de ce soir où il a fumé de l'opium. Et il a été malade, mais malade, malade comme un chien ! Et il a sali mon petit canapé bleu. Le lendemain, figurez-vous, Guillaume écrivait un poème à la gloire de l'opium ! »

Alors, Gabrielle éclatait d'un rire en crécelle.

« Qu'est-ce que vous lisez ? André Breton ? Pauvre André, il se prenait tellement au sérieux : je crois qu'il n'était pas très intelligent… »

De cette époque d'entre-deux-guerres, seuls Picabia et Marcel Duchamp sortaient indemnes. Duchamp. Je dois reconnaître que l'homme était bigrement drôle, vivant, moqueur, capable de discuter avec un jeunot comme moi sans pontifier. Dans le couloir de son appartement de Neuilly, il avait accroché une dizaine d'urinoirs remplis de fougères en plastique :

« Ils sont curieux, les gens, me disait-il. Ils achètent ce genre de chose. D'ailleurs, je signe n'importe quoi et ils achètent. Vous voulez que je signe votre paquet de Gauloises ? »

Je sais : il disait cela comme Picasso gribouillant les nappes en papier des bistroquets : avant de s'en aller, sous les yeux ronds du limonadier, il renversait son verre sur ces croquis qui valaient tellement de sous. Duchamp. Noble et serein vers la fin. Lui qui se plaisait à rappeler qu'il n'avait *jamais* travaillé, lui qui s'amusait de cet engouement renouvelé pour le dadaïsme et ses objets bricolés. Il me prévenait avec un sourire en coin, très british :

— Nous nous sommes bien amusés, quand nous avions la vingtaine ou la trentaine. Nous exposions un fer à repasser dont la semelle était garnie de clous pointes en l'air, et nous n'imaginions pas que cette farce, un demi-siècle après, il y aurait des niais pour s'en extasier ! La plaisanterie était un peu grossière, non ? Et LHOOQ, pour nommer un tableau, ça vous amuse encore ? Les potaches, aujourd'hui, ils produisent ce même genre d'ânerie ?

— Euh…

— Vous avez vu les urinoirs ? Je les achète en gros, j'y flanque des plantes mal imitées, je les signe, je les multiplie. Ça ne me fatigue pas, ça me rapporte. Si j'avais besoin d'argent, ce serait épatant.

— Oui oui…

— Restez un moment. Tout à l'heure, un prof vient m'interviewer pour une thèse. Une thèse ! Je vais lui raconter des bobards, il va les écrire, et après je soutiendrai mordicus que tout est faux, qu'il n'a rien compris, et je lui ferai un procès. Ah ah ah ah !

Puis il racontait avec délectation comment, pendant la guerre, il avait déménagé sa bibliothèque en zone libre, dans des caisses marquées « Roquefort ». Consciencieux comme tous les flemmards, il était réellement allé jusqu'à Roquefort, mais, avouait-il, sans jamais y rencontrer un seul fromage. Ensuite, dans le Midi, la Résistance l'avait contacté et il n'avait rien compris à ce qu'on lui demandait, avec mystère, dans la salle de bains, tandis que l'eau coulait fort dans la baignoire pour parasiter les micros éventuels.

Je m'attarde sur Gabrielle et sur Duchamp, parce que, avec eux, pas moyen de jouer les désespérés. Mieux vaut faire la sieste. S'assoupir après le déjeuner, à l'ombre, avec des boules Quiès dans les oreilles, c'est cultiver un fantastique sentiment de sécurité. Si vous avez des tentations de suicide, apprenez à dormir.

Et si vous n'avez rien, mais rien, ce qu'on appelle rien, pas même un coin d'ombre ?

Tuez-vous comme tout le monde.

Je m'en lave les mains.

3

Printemps 1986. Dans le garde-manger les oignons poussent leurs tiges. Même la pluie devient chaude. Tiens... Pourquoi diantre ai-je écrit ce vilain bouquin ? J'ai toujours pensé qu'il fallait s'éteindre à un âge normal, chez soi, et que la sagesse s'accommode mieux d'une bouteille de chiroubles que d'un flacon de mort-aux-rats. Printemps 1986. Il y a des jeunes filles bronzées, de grands livres à découvrir, des villes à connaître, et puis, quitte à périr avec éclat, pourquoi pas devant des œufs en meurette ?

DU MÊME AUTEUR

Aux Éditions Grasset

LES COMPLOTS DE LA LIBERTÉ : 1832, avec Michel-Antoine Burnier, 1976 (Prix Alexandre Dumas).

COMME DES RATS, 1980 et 2002.

FRIC-FRAC, 1984.

LA MORT D'UN MINISTRE, 1985.

BERNARD PIVOT REÇOIT… (Balland, 1989), 2001.

LA BATAILLE, 1997 (Grand Prix du roman de l'Académie française, Prix Goncourt et Literary Award 2000 de la Napoleonic Society of America).

LES AVENTURES DE MAI, 1998.

IL NEIGEAIT, 2000 (Prix Ciné roman-Carte Noire).

L'ABSENT, 2003.

L'IDIOT DU VILLAGE, 2005 (Prix Rabelais).

LE CHAT BOTTÉ, 2006.

LA GRAMMAIRE EN S'AMUSANT, 2007.

CHRONIQUE DU RÈGNE DE NICOLAS Ier, 2008.

DEUXIÈME CHRONIQUE DU RÈGNE DE NICOLAS Ier, 2009.

TROISIÈME CHRONIQUE DU RÈGNE DE NICOLAS Ier, 2010.

Aux Éditions Balland

PARODIES, avec Michel-Antoine Burnier, 1977.

LE ROLAND BARTHES SANS PEINE, avec Michel-Antoine Burnier, 1978.

LA FARCE DES CHOSES ET AUTRES PARODIES, avec Michel-Antoine Burnier, 1982.

VIRGINIE Q., parodie de Marguerite Duras, 1988 (Prix de l'Insolent).

LE VISAGE PARLE, avec Michel-Antoine Burnier, 1988.

LE DERNIER VOYAGE DE SAN MARCO, 1990.

Chez d'autres éditeurs

LA SAIGNÉE, Belfond, 1970.

LES AVENTURES COMMUNAUTAIRES DE WAO-LE-LAID, avec Michel-Antoine Burnier, Belfond, 1973.

1848, avec Michel-Antoine Burnier, Grasset, 1977 (Prix Lamartine).

FRONTIÈRE SUISSE, avec Jean-Marie Stoerkel, Orban, 1986.

COMMENT SE TUER SANS EN AVOIR L'AIR, La Table Ronde, 1987 (Folio n° 5224).

UBU PRÉSIDENT OU L'IMPOSTEUR, Bourin, 1990.

LES MIROBOLANTES AVENTURES DE FREGOLI, Bourin, 1991.

FREGOLI, un spectacle de Jérôme Savary ; avec Bernard Haller, *L'Avant-Scène Théâtre* n° 890, 1991.

MURUROA MON AMOUR, parodie de Marguerite Duras, Lattès, 1996.

LE GROS SECRET, Calmann-Lévy, 1996.

ORAISONS FUNÈBRES DE DIGNITAIRES POLITIQUES QUI ONT FAIT LEUR TEMPS ET FEIGNENT DE L'IGNORER, avec André Balland, Lattès, 1996.

LE JOURNALISME SANS PEINE, avec Michel-Antoine Burnier, Plon, 1997.

Composition Nord Compo
Impression Novoprint
à Barcelone, le 20 mars 2011
Dépôt légal : mars 2011

ISBN : 978-2-07-043983-6./Imprimé en Espagne.

178197